eG

El peso del alma

Voz y Tiempo

edaf

JOSÉ MARÍA ESPINAR MESA-MOLES

El peso del alma

www.edaf.net

MADRID - MÉXICO - BUENOS AIRES - SAN JUAN - SANTIAGO

2016

Esta novela recibió el XX Premio de Novela Negra
Ciudad de Getafe 2016 del Ayuntamiento de Getafe.
El Jurado de esta convocatoria estuvo presidido
por Lorenzo Silva; sus vocales fueron
Ramón Pernas (director de Ámbito Cultural de El Corte Inglés),
Berna González Harbour (escritora),
Marcelo Luján (escritor) y Esperanza Moreno (editora);
y la secretaria fue Ángeles González.

© 2016. De esta edición, Editorial EDAF, S.L.U.
© 2016, José María Espinar Mesa-Moles
Diseño de la cubierta: Gerardo Domínguez
Maquetación y diseño de interior: Diseño y Control Gráfico, S. L.

EDAF, S. L. U.
Jorge Juan, 68. 28009 Madrid
www.edaf.net
edaf@edaf.net

Algaba Ediciones, S. A. de C.V.
Calle 21, Poniente 3223, entre la 33 sur y la 35 sur
Colonia Belisario Domínguez
Puebla 72180, México
Teléfono: 52 22 22 11 13 87
jaime.breton@edaf.com.mx

Edaf del Plata, S. A.
Chile, 2222
1227 - Buenos Aires (Argentina)
edaf4@speedy.com.ar

Edaf Antillas/Forsa
Local 30, A-2
Zona Portuaria Puero Nuevo
San Juan PR00920
(787) 707-1792   carlos@forsapr.com

Edaf Chile, S. A.
Coyancura, 2270 Oficina 914. Providencia
Santiago - Chile
comercialedafchile@edafchile.cl

2.ª edición, noviembre de 2016

ISBN: 978-84-414-3682-4
Depósito legal: M-31306-2016

Índice

A mi mujer,
porque te quiero sin sombras,
con pasión, sin medida.

Capítulo I

No seas iluso,
ni los niños ni los borrachos
valoran la Verdad.

Le debo a José Manuel Hermoso, propietario del restaurante bar *Airiños do Miño*, casi doce mil quinientos euros. He bebido allí whiskys y vinos durante dos años enteros, ese era el trato, sin pagarle nada. Un hombre vale lo que vale su palabra. Ahora que he abandonado el alcohol me toca cumplir mi parte del pacto. A él, así lo hablamos, le cedo los beneficios que pudiera generar este libro, que no es libro sino una *gravísima, altisonante, mínima,* amarga, real e increíble historia calzada en tapa blanda.

Me llamo Milton Vértebra, tengo cincuenta años, vivo en Madrid, aunque nací en Granada, trabajo como detective privado desde que me expulsaran de la Policía Nacional (donde llegué a comisario). Soy más bien alto, alcohólico de ojos verdes, follador irredento, pianista decente, cuerpo fibroso de muchas horas boxeando, empedernido fumador, de izquierdas, *poltrón y perezoso,* oficial reservista del ejército del aire, me han disparado tres veces y apuñalado una, he matado a ocho personas, presumo de gran conversador, dado a las frases lapidarias, del Atlético de Madrid, un tipo duro, cultivado por la lectura, *sanguíneo y batallador,* visto de traje desde que cumplí los veinticinco, algo violento, holmesiano ortodoxo, creyente, taurino, doctor en Derecho, fanático de la magia y sé que soy una buena persona porque lo he demostrado varias veces a lo largo de mi existencia.

No tengo mucho dinero, pero jamás me ha preocupado el porvenir. He vivido, vivo y viviré como siempre lo he hecho: entendiendo el presente en su sentido etimológico de regalo. Disfruto de las nubes, nada más. La lluvia de la existencia no me interesa. La noche es mi reino y el amanecer su frontera. Doy por sentado que pronto reventaré como un neumático inflado de excesos. No temo a la Muerte, no soy rival para ella, así que no habrá combate. No dejo nada atrás que merezca la pena conservar, ni siquiera los caminos no recorridos. El pasado y el humo van de la mano. Mis padres ya no están y yo no he continuado la estirpe. *Lo mejor del matrimonio son los hijos, así que imagínate el resto*, solía decir mi abuelo Nono.

No guardo la sensación de haberme extraviado a lo largo de esta travesía por el mundo, simplemente opté por el bar en vez de por el hogar, por el placer en lugar del hacer, por el yo último y no por el mí primero. La vida misma exhala frío y la quemo para poder soportar tanta oscuridad. Hay quien se obsesiona con llegar a la vejez cuajado de facultades, yo me vacío a cada instante, hasta que el destino deje de rellenar el vaso de mi azar. ¡Qué fuerte es la debilidad! Estoy convencido de que no hay contrabando más inútil que el que se hace con el tiempo. El ánimo esperanzado que un día me habitó no me quita el sueño. Sé muy bien de lo que hablo. En contadas ocasiones estuve a punto de amar de manera apasionada a extraordinarias mujeres, pero el caos cósmico, el egoísmo animal o la tragedia criminal me arrebataron tal oportunidad con la precisión del alacrán. Desde entonces no conservo nada de valor en mí. Doy lo que soy a los demás, pero no para que los demás sean felices, sino porque me desbordo de manera involuntaria. No he buscado la orilla de la alteridad. No he encontrado aún mi yo más profundo. Los recuerdos son monedas sin curso legal. Si los errores fueran cicatrices mi rostro te espantaría. Mi corazón es una raíz podrida que no sirve ni para lumbre, pues solo provoca humo y no llama.

Pero vayamos al grano. La historia que José Manuel Hermoso quiere que escriba para saldar mi deuda con él es una de las experiencias más extraordinarias que he protagonizado. Digo «protagonizado» porque siempre me ha gustado vivir con la intensidad del actor principal. Aborrezco a los tibios. Los ecos de aquella vivencia pesan y no se me van de la memoria ni a golpes. Es como si cargara un saco de escombros. Me siento igual que Prometeo, castigado por Zeus, esperando al águila en el monte Cáucaso cada amanecer. Todavía hay momentos en los que despierto sudado y lleno de temor por unos truenos que brotan en el cielo de mi inconsciente y retumban al filo del duermevela. Es entonces cuando toco la piel reseca en forma de cerilla que preside mi frente y sé que aquella aventura está agarrada a mi cerebro como una mala hierba. Intento cortarla, partirla, arrancarla, pero su semilla se ha escondido en el núcleo de la memoria y a cada rato brota con más fuerza.

Una cosa quiero dejar clara, todo lo que voy a narrar es tan cierto como el dolor y la sangre. *Si uno no espera lo inesperado, no lo encontrará*, dejó escrito un presocrático.

A quien dude de la veracidad de las siguientes palabras le recomiendo que abandone la lectura de estas páginas que nacen con el fin de satisfacer el afecto de un hostelero, de un amigo, de un hermano siciliano. No me considero un artista, así que nadie me toque los cojones con el estilo y esas cosas. No voy a justificar nada. No necesito enmarcar nada. Todo lo que leas en cursiva no es mío, a veces me acuerdo del nombre del autor y lo pongo, pero otras no. No pretendo apropiarme de lo que no es mío, el plagio es al escritor lo que la pederastia al sacerdote.

Yo sé lo que pasó, así se lo conté a José Manuel Hermoso en varias ocasiones y así quiere él que yo lo escriba. A lo largo de mi vida he conocido a muchos artistas y todos son, de una manera u otra, inseguros. Yo soy seguro y estoy seguro. Narro hechos. Eso sí, como Wyatt Earp en la película de Blake Edwards, debo confesarte que quizá, solo quizá, encuentres *mentira más o mentira menos* en los hechos que desvelo. Hechos objetivos pero vestidos de bonitos, ¡qué demonios!, como si fuera domingo y sonaran las campanas de la iglesia.

Todo empezó una tarde del mes de septiembre del segundo año antes de mi último whisky. Estaba en mi despacho (tenía una pequeña habitación alquilada a un bufete de abogados pijos) concluyendo el informe de un caso anodino: el típico hombre rico, hecho a sí mismo, casado con una cualquiera de burbujeante belleza que comenzaba a sospechar de su infidelidad. Justo cuando añadía al documento final, por el que cobraría mil seiscientos euros, dos fotografías comprometedoras de la chica buscando nuevo amo de rodillas sonó el teléfono. La aterciopelada voz de

Rita, secretaria del bufete, me anunciaba con rutina descafeinada una llamada.

—Gracias, mi niña. Pásamela.

—Eres un chulo y un degenerado, pero tengo ganas de volver a verte —me susurró ella—. Mañana por la noche estoy sola, tú verás.

—¿Insinúas que ahora padezco ceguera? ¿Chulo, degenerado? —contesté mientras despedazaba el cigarrillo en el cenicero—. Prometo redimirme mañana. Anda, pásame la llamada si quieres que te invite a cenar.

—No gastes lo que no tienes, hombretón, ¡rey de un castillo de naipes! Cenamos en mi casa. Si vienes bebido, te mato.

—Por matar un perro me llaman mataperros.

—Por venir a cuatro patas, como un perro, te advierto…

—Vale, corazón. Pásame esa jodida llamada.

—¡Imbécil, desagradecido! A las nueve en punto. Te la paso.

—Buenas tardes. Milton Vértebra, detective privado, al habla —solté después de escuchar un zumbido al otro lado del aparato—. ¿En qué puedo ayudarle?

—Buenas tardes. ¿Es usted el Milton Vértebra que estudió en el colegio El Limonar de Málaga durante los años setenta? —me preguntó una rocosa voz masculina.

—Sí, el mismo, lo que queda de él —mis cejas se enarcaron solas. Cuarenta y pico años acababan de pasar a la velocidad del antílope por mi mente—. ¿Con quién tengo el placer de hablar?

—Me llamo Luis Corral, ¿te acuerdas de mí? —el cambio del usted al tú no me pasó desapercibido.

—¿Luis Corral, Luis Corral? Coño, ¡claro! Ha pasado una eternidad, ¿en qué puedo ayudarte?

—Necesito urgentemente contratar tus servicios. Yo también vivo en Madrid. ¿Puedo invitarte a cenar esta noche? Mi situación es bastante complicada y apremiante.

—¡Encantado! —exclamé con sinceridad, pues tenía la nevera de casa vacía. Le había pedido un huevo el día antes al vecino para no tener que apagarla. Me encendí un pitillo—. Podemos vernos a las nueve y media en el *Airiños do Miño*, calle Ponciano esquina San Bernardino, justo detrás de Plaza de España. Allí tengo un reservado. Oye, Luis, si trabajo para ti voy a cobrarte...

—Milton, no te estoy pidiendo un favor, te estoy pidiendo ayuda.

—¿Es serio entonces?

—De vida o muerte. Hasta las nueve y media.

Colgó. Solté el humo del tabaco poco a poco. Me quedé contemplando una copia de un grabado de Doré sobre *El paraíso perdido*, regalo de mi hermana Paz, que colgaba de la pared, ¡la guerra de egos también habita la eternidad! El marco soportaba un gusano de polvo. La chica de la limpieza del bufete me estaba haciendo pagar mi última visita a su cama. A lo mejor Dios es un divo y Lucifer un rebelde corajudo. La perspectiva de pasar toda la eternidad bajo la autoridad de un padre intervencionista no resulta muy apetecible para aquellos que, como yo, maduramos a base de inmadurez.

Agarré una de las muchas barajas de cartas que acumulo y comencé a hacer el corte *charlier* una y otra vez, hasta que los naipes parecieron pistones en movimiento.

Luis Corral. Por supuesto que lo recordaba. Era un chiquillo estudioso, feo, con *cara de guanaco*, pacífico pero vengativo, introvertido y rencoroso, con grandes gafas de pasta de caramelo, poseedor de un brillante talento para la física y la química. Compartimos clase durante varios años. Y durante varios años el pobre sufrió terribles vejaciones debido a su apellido. Los alumnos cacareaban la primera sílaba y, metamorfoseando los brazos en alas, bailoteaban alrededor suyo en círculos cada vez más pequeños, hasta que él se ovillaba y los chicos se le echaban encima y le escupían.¡ Co-co-co-corral!

Nunca participé de tales actos, no por nada, sino porque Luis no entraba dentro de las cosas importantes a las que prestar atención en una adolescencia tan ocupada con obsesiones hormonales. Un día, de camino a casa después del colegio, lo encontré desencuadernado en un banco de la calle Pintor Sorolla. Lloraba espasmódicamente. No cabía más tristeza en alguien de doce o trece años. Miré hacia atrás con gesto de adolescente pundonor y, como no viera a nadie conocido, me acerqué despacio. No se percató de mi presencia, parecía encarcelado por barrotes de amargura. Me hice hueco en el vacío de su lado y le palmeé la espalda con cierta ternura. Luis se desmoronó entre mis brazos. Me suplicó primero que lo matara, ¡no podía más! Luego me imploró ayuda. Yo era muy respetado en la escuela. Mi altura y valía jugando al baloncesto me aupaban al olimpo de los cafres. Mi destreza en el noble arte de la cartomagia me había convertido en una especie de mascota mística para los docentes, quienes me suplicaban que les hiciera nuevos trucos cada semana.

De hecho, el director, don Victoriano Farraes y Lorca, me llevaba a su despacho todos los lunes y me obliga a hacer el mismo juego hasta que se rendía y me decía «¿Cómo lo haces, Vértebra?», a lo que yo respondía «Si me aprueba, se lo digo». Él reía y, estirando el brazo derecho acabado en la punta de su índice, me echaba de la habitación farfullando «Algún día te pillaré, algún día, niñato. Eres vago como la chaqueta de un guardia, pero tienes un don, jodido. Podrás ser en la vida lo que quieras. Y ese es el peor de los destinos, porque todo depende de ti». Además, yo ya no era virgen (o eso decía la propaganda escolar) y por tanto habitaba en el paraíso de los deseados por las chicas.

No aguantaba más las burlas de los compañeros. ¡Quería morir o matar! «Mátame, mátame, Milton, que yo no puedo con ellos». No pretendía odiar su apellido, pero se sentía avergonzado y eso ya era algo horrible, me confesó. Vergüenza del apellido de tu familia. ¡Qué cosa más rastrera! ¿Qué clase de hijo era? ¿Un cobarde, un pusilánime, un desagradecido? Su apellido se había convertido en una losa insoportable, en una plaga de langostas que devoraba su felicidad. Entonces dejó de lloriquear. Alzó la cabeza, sus ojos escalaron hasta los míos con la osadía del alpinista y me propuso algo. Si yo lo protegía, él me ayudaría con las materias de ciencias. Respeto por aprobados. La sorpresa me paralizó. Protección a cambio de buenas notas. Reconocí para mis adentros que necesitaba ayuda académica, como el agua necesita una orilla y el cielo unos ojos que lo recorran, pues siempre fui incapaz de llegar a una causa a través del efecto. Los números, las fórmulas y las actitudes aristotélicas siempre han escapado de mi entendimiento como corderos que oyen el aullido del lobo. Muchos años después, al enfrentarme a mi tesis doctoral sobre Derecho Internacional, lo pasé tan mal que en vez de un doctorando que encuentra en el método científico un asidero parecía, así me lo hacía saber mi directora después de nuestro polvo trimestral, un drogadicto de la improvisación creativa con síndrome de abstinencia. Cuando acabé la defensa y todo salió bien, respire hondo, abracé a mis padres (se lo debía indiscutiblemente) y juré por las atmósferas de Júpiter que no volvería a arrimarme a la investigación universitaria así me quemaran los testículos con cigarrillos.

Pero regresemos a Málaga, volvamos a ese momento de mi infancia. Tendí mi mano hacia Corral en busca del apretón. Iba a hacer un gran negocio. Si me quitaba en junio las puñeteras matemáticas podría irme con mi primo Carlos todo el verano al cortijo que la familia tenía en Granada. Luis arrojó el cabo de su desesperación al noray de mis pupilas. Yo no arriesgaba nada, él saltaba al vacío de la confianza. Restos de lágrimas, como cera líquida, corrían por sus dedos al cerrarse sobre mi palma.

Al día siguiente en el recreo un grupo de escolares le hacían burla con aquella danza macabra. Me acerqué hasta ellos. Agarré a uno cualquiera por el cuello, lo empotré contra el muro enladrillado del patio, le solté dos bofetadas y manifesté abiertamente que consideraba a Luis amigo mío. Añadí además que su padre era un hombre muy importante en el mundillo malacitano y que merecía un trato de deferencia. Quien se metiera con un Corral tendría que hacerlo con un Vértebra. Nada más. Luis halló la paz y yo gané la guerra a las matemáticas porque gracias a la paciencia que desarrolló conmigo fui entendiendo y aprobando la asignatura. De hecho, mi valido dio inicio sin tardanza a una serie de venganzas al amparo de mi protección. Como aquella ocasión en la que don Juan, el profesor de Historia de España, un *cerdo gordo y seboso* que acosaba a los alumnos cuyos padres no estaban al día con las mensualidades, sacó a la palestra a Óscar Soltería, alias *Carapaja*, y le pidió que cantara los nombres de los reyes visigodos. Óscar no se sabía ni uno, por lo que, con la cabeza gacha, mantuvo una posición de firme esperando ajusticiamiento. Este profesor, que no me canso de recordar como un miserable de bajo perfil moral, ya sin paciencia, le pidió al menos el nombre de un visigodo importante, «¡uno solo, Soltería, que llevamos dos semanas con el tema!». Óscar, cuya inclinación académica era por aquel entonces absolutamente horizontal, aunque luego floreció en la ingeniería de telecomunicaciones, giró levemente la cabeza hacia nosotros esperando el susurro piadoso de algún compañero. Y en ese momento Luis Corral se vengó de los escupitajos, de las risas, de la humillación. «Sánchez Albornoz», lanzó al aire de manera apenas perceptible. «Sánchez Albornoz, don Juan», pronunció *Carapaja* antes de recibir una bofetada de medio costado que le provocó un tic en el cuello durante años.

Nunca rozamos la categoría de colegas, aunque a ratos hablábamos de intimidades. Me llegó a confesar, por ejemplo, que una vez regresó a casa antes de tiempo y pilló a su padre y a su madre desnudos, haciendo el amor a cuatro patas en el salón. Ella había metido la cabeza por un lateral de las bragas y él la sujetaba con una corbata que hacía de correa. Yo, por mi parte, le conté que durante una bronca conyugal mi padre se encerró en el dormitorio. Al rato, mi madre empezó a aporrear la puerta. Como mi padre no abriera ella la rompió a puñetazos. Entró en la habitación encolerizada para descubrir a mi padre, ajeno a sus golpes, haciendo caca en el cuarto de baño, que estaba dentro del dormitorio, escuchando la radio con unos auriculares.

Secretillos tontos de niños, porque, ¿no es un secreto, según una canción irlandesa, algo que, en definitiva, se cuenta a otra persona? Más allá de cercanías nuestros ritmos vitales latían en cadencias incompatibles. Éramos miembros de diferentes juventudes. Nos limitamos a cumplir con nuestro acuerdo de pequeños caballeros. Un año después su padre, médico traumatólogo e ingeniero industrial, diseñó un modelo de prótesis que sustituía perfectamente a la rodilla. Este invento lo convirtió en multimillonario, se mudaron a Alemania y le perdí la pista hasta esa tarde. ¿Qué querría de mí?

Saqué del bolsillo del chaleco de mi traje príncipe de Gales un reloj plateado con la mano libre. Acababan de dar las siete y media. Miré la carpeta del caso de los cuernos del nuevo rico. Listo para entregar y cobrar. Solo tenía otro caso sobre el tapete y nada podía hacer a esas horas con él. Se trataba de una investigación sencilla. Una entidad financiera me había pedido que siguiera los pasos a uno de sus ejecutivos. Aquella tarde yo sabía que se encontraba jugando a las cartas en un piso franco. Conocía al organizador de la timba. Mañana por la mañana le llamaría y le preguntaría cuánto había gastado el snob ludópata. Además, le había encargado a mi «amigo» que le hiciera con el móvil una foto para aportarla al dossier final. La instantánea iba a costarme doscientos euros. Mi lengua salió de su caparazón para acariciar el labio superior. Llegó hasta el bigote. Sí, tengo bigote y barba, ¿me habías imaginado sin ellos? Contemplé con melancolía el pequeño retrato que ocupaba el lado derecho de mi mesa de trabajo. Estábamos sentados en un florido sofá mi abuelo, yo con cinco años y mi padre. Mi abuelo leía su libro mientras mi padre y yo compartíamos otro. El blanco y negro de la imagen la dotaba de muchísima ternura. De pronto, volví a recordar a mi padre en el cuarto de baño, escuchando la radio con los cascos, y a mi madre llena de rabia. Ninguno de los dos pudo reprimir una risa magnífica. Firmaron su tregua haciendo el amor con la puerta de su dormitorio cerrada, pero con el marco molido a puñetazos.

Palmeé mis manos con energía. Rompí lo onírico del momento dejando que las cartas salpicaran el vacío primero para desparramarse después por el suelo y di por concluida la jornada de despacho. Si la chica de la limpieza no recogía los naipes significaría que aún me deseaba. Una puerta abierta representa una llave menos. Hay noches en las que, embrumado de whiskys, busco placer sin adendas. Las desairadas son las más dispuestas, a cambio de veinte minutos de regañina.

Miré por la ventana, el día aparecía apaleado por la rotación de la tierra y su piel mostraba ya moratones en el cielo. Si caminaba a paso firme al *Airiños do Miño* tardaría una media hora en llegar. Perfecto, así me tomaría unos vinos antes de cenar con Luis Corral. ¿Qué podría necesitar? ¿Qué podría ofrecerle? De vida o muerte. La gente siempre ha exagerado sus problemas, pensé al ponerme el abrigo. Saqué del cajón de mi mesa un paquete de *Bicycle Seconds* (cartas de póquer) y me lo metí en el bolsillo.

Al ser humano le falta coraje para aceptar heridas. La lucha, la batalla, la pelea son las relaciones más sinceras que se pueden mantener con la vida. *Al piloto conocerás en la tormenta y al soldado en la batalla*, escribió Séneca. Siempre hay alguien dispuesto a ayudar a cambio de algo, es el precio de la convivencia. Yo necesitaba dinero. Otra vez los números, las matemáticas y Luis Corral.

Capítulo II

Son los locos
los que nos dan
el margen de la cordura,
pero, ¿y a la inversa?

Acababa de pedirme mi primer whisky cuando Luis Corral entró en el *Airiños do Miño*. Me escrutó durante unos segundos y adivinó que era yo a quien buscaba porque nadie más había en la barra aparte de Rafael Hithloday, un viejo vagabundo de Fuenteovejuna dedicado al trapicheo, que dormitaba apoltronado en el extremo del fondo. Separé los codos de la madera, apuré el ascua de mi colilla (sí se podía, aunque no se debía fumar en el local), me metí una aceituna sin hueso en la boca, guardé el paquete de cartas con el que había estado practicando *cortes falsos* y fui hacia él para estrecharle la mano. Seguía siendo tímido. Su traje desencuadernado pero costoso, su pelo rebelde pero peinado, sus gafas grandes pero de marca, su corbata horrible pero selecta y su delgadez sin peros delataban una personalidad atormentada, elitista y muy trabajadora. Había envejecido con resentimiento. Luis Corral, a tenor de lo que acababa de observar, era un alma de cenobio. Pocas mujeres, pocos amigos y muchas obsesiones. Ingredientes perfectos para generar un complejo de superioridad frente al resto que termina pidiendo una habitación doble cada vez que visita un hotel, pues su ego y su yo no caben en una sencilla. No sonrió al saludarme, por lo que deduje que Luis no se alegraba nada de verme, sencillamente necesitaba mi ayuda. Eso me dolió, fue un golpe bajo gratuito. Aún conservaba ciertos destellos de su adolescencia, leves, muy leves, como sol reflejándose en agua sucia.

Le invité a que pidiera algo de beber, esperando oír de su boca una botella de agua o un refresco, pero manifestó la voluntad de tomar un brandy. Se derrumbó sobre mi banqueta. Los dedos de sus manos se mostraban masacrados por el impulso nervioso de comerse las uñas y padrastros, parecían crestas de gallo. Tenía los ojos poblados de relámpagos. Aquel hombre era una bomba de relojería. Un manojo de nervios, un racimo de histeria. Le dije que se tranquilizara, que pasase lo que pasase podría contar conmigo. Justo entonces José Manuel Hermoso, asomando la cabeza por una esquina, anunció que ya teníamos listo el reservado. Acto seguido echó a Rafael Hithloday del bar con la excusa de que necesitaba una botella de vinagre de Módena. El anciano *homeless* recitó unos versos de Lupercio Leonardo de Argensola, «*Porque ese cielo azul que todos vemos/ ni es cielo ni es azul. ¡Lástima grande/ que no sea verdad tanta belleza!*», y abandonó con disciplina el calor del local para iniciar una búsqueda que lo llevaría a hacer parada y fonda en los otros bares de la zona. Vinagre de Módena significaba que no podía volver al *Airiños* al menos en dos horas.

Nuestro rincón quedaba al final del salón comedor. Una cortina alpujarreña garantizaba la intimidad de la habitación. Yo llamaba a ese lugar *la ratonera*. Un diminuto cubículo donde a duras penas cabía una mesa para dos. Del techo colgaba una preciosa lámpara arabesca que compré en el albaycín granadino para celebrar la decisión de José Manuel de transformar el viejo e inutilizado guardarropa en un espacio discreto para negocios turbios. El suelo lo cubría una alfombra deshilachada. Las paredes laterales acogían decenas de fotografías taurinas dedicadas por sus matadores. Una ventana falsa de cristales opacos, siempre cerrada, imperaba en el centro del muro final. Si la abrías, te encontrabas con un tapial de ladrillos. Sin embargo, en la parte inferior del vano, bajo un paño de cocina y un tablón de madera se escondía una caja de zapatos que ocultaba un revólver cargado. Más de un fichaje estelar de fútbol se había cerrado en ese cuartucho, más de un político había sucumbido allí al canto de sirenas de los arrecifes empresariales, más de un funcionario había sido corrompido en aquel diminuto tentadero.

Cristian, uno de los dos camareros del *Airiños do Miño* que trabajaban para José Manuel, trajo a la mesa una botella de whisky, otra de brandy, una cubitera rebosante y un cenicero. Por qué se podía fumar en este restaurante resultaba muy sencillo. Allí la clientela era endogámica, tribal. Si alguien se quejaba, se le devolvía el dinero y se le largaba del local con un perro agarrándole por el cuello. Los policías municipales preferían llevarse una mariscada a casa gratis que cursar en orden cualquier posible denuncia contra la salud pública. El menú no se preguntaba, se asumía. El acento ecuatoriano de Cristian anunció que había ensalada de primero y filetes con patatas de segundo. De postre, tarta de Santiago y dátiles de las granjas del rey de Arabia.

—Extraño lugar —manifestó Luis al pedirme con timidez un cigarrillo.

—¿Por qué llamas extraño a un lugar tan acogedor?

—Esto no es lo que yo definiría como acogedor —dijo arrebolándose.

—Paso más tiempo en este lugar que en mi casa. Me gusta más que mi casa. Aquí podemos hablar con total discreción. Y necesitas eso, ¿no? Yo no te he llamado, has sido tú quien lo ha hecho. Hasta hace unas horas no existías para mí, ni siquiera en los arrabales de la memoria. No te guardo ningún afecto. Solo intento ser educado. Tengo mucho trabajo pendiente, ¿sabes? ¿Qué pensarías si al presentarme a tu mujer por primera vez yo te dijera que ella tiene pinta de puta?

—Sí, tienes razón. Perdona, Milton. Soy un necio.

—Bueno, necio. ¿Qué demonios ocurre? ¿Qué te está consumiendo?

—¿Has oído hablar de mí, sabes a lo que me dedico? —interrogó con aire mayestático.

—Lo lamento, Luis. No tengo ni idea. Vivo entre el estiércol social, pocas veces levanto la cabeza. Y tú, ¿cómo sabes de mí, de mi trabajo?

—¡Hombre, Milton, todo lo que rodeó tu expulsión del Cuerpo Nacional de Policía fue la comidilla de este país durante meses! No hacía falta estar muy informado. Llevas la gloria pegada al trasero. Para algunos eres un héroe.

—¡Hay que joderse, eso pasó hace siglos! Bueno, cuéntame, ¿cómo te ganas la vida, amigo Luis? —dije al volcar la botella sobre mi vaso. Después cogí con la mano un hielo, lo hice desaparecer de mis dedos por arte de magia y lo eché luego en el cristal. Dos gotas salpicaron el mantel. Luis ni se inmutó con mi truco.

—Soy catedrático de Medicina, de Neurología en particular. Se me considera una autoridad a nivel mundial en el complejo arte de descifrar los insondables misterios del cerebro. Hace dos años recibí el NIH Director's Pionner Award. Trabajo en el hospital del Dragón.

—Un experto de la mente. Asombroso. ¡Pues, deberías vestir mejor, lo que llevas es caro, pero no eres elegante! ¿En qué puedo ayudarte, cerebrito Corral? —pregunté mientras aplastaba con el pulgar y el índice el filtro de mi cigarro encendido.

—La Universidad de San Jorge, de la que soy decano en su facultad de Medicina, organiza anualmente un simposio, de gran prestigio internacional, sobre avances en el campo de la Neurología. El próximo miércoles arranca el encuentro de este año. Yo, siguiendo la tradición de las últimas cinco ediciones, abro las jornadas con una charla de bienvenida donde, en esta ocasión, tengo pensado lanzar al mundo un último avance, mejor dicho, un descubrimiento sobre el cerebro. Y este descubrimiento, querido Milton, es increíble. Algo único, quizá el mayor hallazgo de la Historia…

Cristian entró en la ratonera con el plato de ensalada y una jarra de agua. Antes de irse me susurró algo al oído.

—Sigue, Luis. ¿Qué o quién te obliga a no comunicar en público tu último logro investigador? —anticipé en ilación al colocar la servilleta de tela descolorida sobre mis rodillas. Me hizo gracia aquello del mayor hallazgo de la Historia. Hay egos hambrientos de reconocimiento público. El de Luis Corral parecía un tiburón. No era de extrañar que fuera catedrático de la Universidad de San Jorge (y decano de su Facultad de Medicina), una institución privada, nacida al amparo del gobierno conservador de la Comunidad de Madrid, que pretendía emular, a base de donaciones herméticas del sector privado, a la mismísima Cambridge. El hospital del Dragón, dependiente de la Universidad de San Jorge y situado pared con pared con ella, se había convertido en un centro de alta y eficiente colaboración entre el sector privado clínico y el cosmos empresarial farmacéutico.

—Milton, no se trata de un descubrimiento cualquiera. ¡Es inenarrable lo que he encontrado! No te puedes hacer una idea. ¡Tú no sabes! Solo de pensarlo siento vértigo —su voz olía a alcohol. Se movía mucho al hablar, como un rosal zarandeado por el viento que no comparte su olor, sino que amenaza con sus espinas. Era víctima de un ataque de estrés ególatra. Siempre he huido de los varones feos e inteligentes y de las mujeres bellas pero tontas. La Naturaleza suele repartir a partes iguales para que luego, cada uno, opte por una u otra estrategia de supervivencia.

—Bien, entonces, cuéntame de qué se trata —respondí dolido por el tú no sabes.

—¡No puedo hacerlo!

—Vete a la mierda, Luis.

—Ya estoy en ella. Hasta el cuello. Todo a mi alrededor huele cada vez peor. Por eso te necesito. Soy un hombre con recursos. Te exijo resultados, no me importa el precio que pongas. Pagaré lo que sea.

—¿Sigues viviendo de las prótesis de rodilla de papá? ¿Qué he de hacer? —mi pregunta era sincera, alentada por la laxitud del bolsillo del neurólogo Corral.

—Me he hecho rico yo mismo, más rico incluso que mi padre. Mi inteligencia y valía me han aupado a una montaña de dinero, pero no nos desviemos. Tengo una colaboradora, la doctora Cadman. Sin su ayuda, sin su brillantez intelectual no habría podido conseguir nada. Ha sido mi *sherpa* durante la investigación. El mérito es mío, no lo dudes, pero he coronado la cima del éxito gracias a su total involucración en el proyecto. Estamos muy compenetrados. Hace tres días que no sé nada de ella. Me preocupa, Milton. La conozco bien, sé de sus rutinas. He llamado a sus amigos. Nadie sabe dónde puede estar.

—Com-pene-trados. ¿Has pensado en el origen etimológico de esta palabra? ¿Te has tirado a la doctora Cadman? ¿La amas? ¿Tienes miedo de que te haya robado la idea? —solté en metralleta.

—¡No, no, no! Creo que la han secuestrado los mismos que a mí me amenazan. ¡Presta atención, no seas vulgar!

—¿Quién te amenaza a ti, Luis?

—No estoy seguro... —bisbiseó entre trago y trago de brandy. Esta vez cogió un cigarro de mi cajetilla sin pedir permiso.

—¿Cómo no puedes estar seguro de quién te amenaza?

—Milton, esto es muy serio. No te lo tomes a la ligera. Las personas que me acechan no se andan con chiquitas.

El otro día enterré a mi cuñado Jacinto. Tuvo un accidente de coche.

—¿Un accidente, tu cuñado, una doctora desaparecida, el descubrimiento de algo parecido a la rueda? Ordena las ideas, Luis, por favor. Eres un ventilador esparciendo…

—Mierda —me interrumpió—. Lo sé. Hace dos semanas recibí en el despacho de la Universidad una carta anónima en la que se me invitaba a entregar las conclusiones de mi trabajo a un hombre que me visitaría en breve. Por supuesto, no tomé en consideración aquella propuesta, ¡resultaba absurda, de mal gusto!, pero me inquietó el hecho de que alguien ajeno a mi reducidísimo equipo de trabajo, en realidad somos la doctora Tamsin Cadman, mi joven y prometedor becario Eduardo Calvo y yo nada más, supiera algo sobre mis últimas investigaciones.

De pronto Cristian apareció. Tenía el rostro serio. Trajo los segundos platos, se llevó los primeros y volvió a acercarse a mi oreja para susurrarme algo.

—A los pocos días —continuó Luis ante un gesto mío— un tipo, que se anunció a la secretaria del departamento de la Facultad como señor Flambeau, exigió ser recibido. Accedí a verlo para zanjar aquel juego intolerable. Cuando entró en mi despacho, ni siquiera se presentó. Directamente me exigió que le entregase las conclusiones de mis investigaciones, tal y como pedía el correo. Yo me negué en redondo, rechacé además que existiera investigación alguna, y le dije que si no abandonaba la facultad de Medicina en treinta segundos llamaría a los guardas de seguridad. Él no se inmutó ante mi brusquedad. Se limitó a decirme que había dos caminos: el fácil y el complicado.

Yo había optado por el segundo. Añadió una frase que me dejó de piedra: «Parecerá un accidente de coche». Cuatro días después mi cuñado falleció en un accidente de coche. No he encontrado todavía valor suficiente para decirle a mi hermana que su marido ha muerto por mi culpa.

—Culpa tuya no es. Así que deja de flagelarte. En ocasiones el azar juega malas pasadas. ¿Sabes que azar es flor en árabe y que esa flor era uno de los lados de las antiguas tabas? Cuando la taba dejaba ver ese lado significaba suerte, como el seis en nuestros dados de parchís. Entonces, ¿descartas la casualidad?

—Rotundamente. Fue un crimen, sin lugar a dudas.

—Entonces no le digas nada a tu hermana. No lo hagas, sería un error. Mantén la discreción, aunque te corroa por dentro. El hombre que te visitó, ese tal Flambeau, ¿no sería muy grande y corpulento, con poco pelo y cara de bruto?

—Sí, demonios, ¿cómo lo sabes? —los ojos de Luis se abrieron igual que amapolas.

—Está en la barra. Cristian, el camarero, me lo ha dicho. Llevaba un rato afuera, al otro lado de la calle. Hace poco que ha entrado. Se ha pedido un café.

Luis hizo ademán de levantarse. Tuve que sujetarlo. Su cara había enrojecido. Sus puños se cerraron hasta convertirse en mazos. Me sorprendió aquella furia volcánica. La respiración se le había transformado en aire de fuelle inyectado a una chimenea. Lo obligué a que tomara asiento. Tenía que seguir con su narración. Era crucial que yo conociera a fondo cuanto le había sucedido.

Después, cuando terminásemos de cenar, hablaríamos, o lo que fuera menester, con Flambeau.

—Continúa, Luis. Céntrate en lo que pasó después. Doy por hecho que se pusieron de nuevo en contacto contigo —la carne de nuestros platos se había quedado helada.

—Así fue. Al día siguiente recibí una nueva carta en la que se me decía que si hablaba con la policía alguien más cercano que un cuñado moriría sin remedio. Me daban de plazo hasta antes de ayer para entregarles los resultados de mis experimentos. Opté por no contarle nada a la doctora Cadman. No quería preocuparla. A ella parecía que no la habían acosado.

—Y hace tres días Flambeau regresó a tu despacho —profeticé masticando las patatas frías.

—Correcto. Al verlo, me abalancé sobre él, Milton. Fui incapaz de contener la ira. No hubiera dudado en abrirle la cabeza con una piedra. Sin embargo, se deshizo de mí sin esfuerzo. ¡Es enorme! Le juré por lo más sagrado que no iba a darle nada. No se inmutó. Lo amenacé con ir a la policía *ipso facto*. Entonces me dijo que había dos caminos: el complicado y el jodido. Y que acababa de escoger el jodido. Me agarró por la pechera y me garantizó que si daba a conocer mi descubrimiento en el simposio de Madrid sería mi final. Un final con mucho sufrimiento. Antes de marchar se volvió entre risas para recomendarme que rechazara la idea de visitar una comisaría. Nada más quedarme a solas llamé por teléfono a la doctora Cadman, que en ese momento estaba en el Hospital del Dragón haciendo la ronda de visitas. Debía alertarla. Corría peligro. Sin embargo, no pude localizarla. Desde entonces no sé nada de ella. Ya te he dicho que la he buscado a fondo.

Iba a silbar para manifestar mi asombro ante la historia recién contada. Eso sí que era un buen comienzo para un caso y no tantas infidelidades, pequeños robos y estafas menores, pero entonces la cortina alpujarreña se descorrió y apareció Cristian, justo detrás venía Flambeau.

Capítulo III

No le cuentes secretos al monte,
sus gargantas llevarán
tus confesiones a oídos de lobos.

—Señores, les pido perdón por la interrupción, pero este caballero desea verlos —dijo el camarero con ademán serio. Luego se hizo a un lado, no sin antes recoger de la mesa los segundos platos. Los postres tendrían que esperar.

Flambeau entró en *la ratonera*. Era un tipo enorme, estaba inflado por los esteroides. No cabía literalmente en el cuartucho. Llevaba un traje barato de color azul. La tela brillaba. Su camisa violeta y su corbata de lunares dinamitaban cualquier esbozo de buen gusto. Me encontraba ante alguien que no sabía cómo vestirse más allá del chándal del gimnasio. Se volvió hacia el camarero, cogió su cartera y de ella extrajo un billete de cincuenta euros que introdujo en el marsupio del mandil de Cristian. Tal gesto no le hacía más duro, sino más tonto. Le estaban pagando bien por el trabajito de amedrentar a Luis Corral, pero no sabía administrar su capital de manera adecuada. Cristian me miró, yo asentí levemente con la cabeza. Con tan discreto gesto le había dado a entender, ¡faltaría más!, que diez de esos euros eran míos. Flambeau no iba a pedirme un autógrafo, así que yo tenía todo el derecho del mundo a morder algo de un dinero regalado.

El matón corrió de nuevo la cortina. Luis y yo nos vimos obligados a retroceder con nuestras sillas unos centímetros. El pomo de la ventana me quedaba ahora a tiro de piedra. Respiré tranquilo, me había enrocado. La pistola escondida quedaba a mi alcance. Un silencio embarazoso invadió el cuartucho. La tempestad que precede a la calma. Yo, desde luego, no iba a ser el primero en hablar. Crucé, en un alarde de flexibilidad, las piernas. Saqué un cigarrillo, lo oculté en la palma de mi mano y lo hice desaparecer.

—¿Quién eres tú? —me preguntó Flambeau con un pronunciado acento de polígono. Sus ojos eran los ojos de una vaca. Le eché unos cuarenta años dedicados a la molicie. La mesa se combó cuando sus dedos morcillones se apoyaron sobre ella.

—Soy tu padre —contesté sonriendo y devolviendo el cigarrillo a la visibilidad.

—¿Qué? —farfulló desconcertado.

—Me follé a la puta de tu madre hace mucho tiempo, pero creí que solo la había dado por el culo. Eres igualito a ella. Feo y tonto.

Flambeau sacó una pistola enorme de su axila. Me apuntó con aire chulesco. Dijo que podría volarme los sesos ahí mismo, pero yo estaba curtido en el fragor de mil aberraciones. Conozco la calle y conozco los callejones más oscuros. Perro ladrador poco mordedor. Ese forzudo acababa de cometer un error de manual. No era un profesional. Nadie con tablas en la ciénaga de la extorsión cae en la trampa de una provocación barata. Eso te hace débil, vulnerable. Nada debe desviarte del objetivo. Fuera quien fuera su pagador no conocía el olor pútrido del hampa. Le habían contratado por parecer un cíclope. Era un gigante de cartón. Además, en el vacío de su mirada rebrincaba el asombro de mi truco del cigarro.

—Me llamo Milton Vértebra, ¿no te habló tu mamá de mí? Al final no la pagué, ¿sabes?

—¡Cállate o te mato! —bramó golpeando con su mano libre la mesa. El contenido de los vasos dio una voltereta en el aire. No iba a usar la pistola. Lo supe desde el principio.

—¿Dónde tenéis a la doctora Cadman? —intervino Luis levantándose de la silla—. Dejadla en paz, como le ocurra algo...

—¡Siéntese, doctor!, aquí las preguntas las hago yo. ¿Quién es este graciosillo?

—¿Graciosillo o gracio sí yo?— inquirí, mientras cogía hielo de la cubitera, buscando provocarle hasta el extremo. Ni siquiera le miré.

—¡Voy a reventarte la cabeza!

— Flambeau. Flambeau, soy un hombre muy caprichoso y ahora mismo me están dando ganas de orinarme sobre ti. Dentro de sesenta segundos no digas que no te advertí.

No pudo controlarse y arrojó la mesa contra la pared del fondo. El estrépito fue absoluto. El cristal opaco de la ventana recibió sin romperse una ducha de licores y platos destazados. Yo logré atrapar con mi mano la botella de whisky, una vez más el alcohol venía a mí. No podía dispararme, no tenía agallas. Valoraba demasiado la rutina de su vida miserable. Iba a darme una paliza, eso sin duda. Sus verdaderas armas eran los puños, a ellos sí que estaba acostumbrado. Supuse que los habría utilizado muy a menudo contra los borrachos adolescentes de alguna discoteca periférica de Madrid. Sin embargo, presa de la cólera, había dejado al descubierto sus partes nobles. Así de sencillo. Solo tuve que hacer palanca con mi pie. La patada en sus testículos fue de diana. Cayó de rodillas frente a mí. Cuando le partí la nariz de un golpe con la botella de whisky hasta sentí pena. En mis más de quince años de servicio en la Policía Nacional aprendí muchísimas cosas. Una de ellas, sin lugar a equívocos, fue que la violencia no está en los músculos sino en las vísceras. Flambeau era un tío acomplejado y yo un hombre sin complejos.

La sangre comenzó a manarle de la nariz a chorros. Se colocó a cuatro patas en un acto biológico de derrota. Parecía un toro al que el estoque le hubiera degollado. Cogí del suelo un par de hielos, los envolví con mi servilleta y se los coloqué en la mano. Luis se levantó para gritarle: «¿Dónde está la doctora Cadman? ¿Dónde? ¿Qué habéis hecho con ella?». Sin venir a cuento comenzó a pegarle patadas en las costillas. Una, dos, tres. Con la punta del zapato. Flambeau se derrumbó de costado. Aquello era demasiado. Detuve a Luis con un «Basta» a viva voz. Ensañarse era de cobardes, indigno de un hombre. *Uno no peca por lo que hace, sino por la intención con que lo hace*, escribió Sándor Márai. Los ojos de Corral refulgían igual que los de un diablo pero claudicaron ante mi mirada. Acababa de demostrar que no era buena persona, porque el malo no es malo por hacer cosas malas, sino por no tener piedad. Lo obligué a abandonar *la ratonera*. Cristian le pondría un brandy en la barra. Quería quedarme a solas con el Goliat humillado. Me obedeció a regañadientes, rogándome que averiguara dónde se encontraba la doctora Cadman. Le dije que no se preocupara, hizo ademán de quedarse pero mi «fuera, ¡ya!» le expulsó.

—Flambeau, Flambeau, ¿me oyes? —pregunté mientras le ayudaba a incorporarse—. ¿Qué cojones hace alguien como tú en un trabajito así?

—Me pagan bien —balbuceó escupiendo saliva roja. Aceptó la botella de whisky que yo le ofrecí y que le había roto el tabique nasal. Bebió un trago largo.

—¿Quién te ha contratado? —le lancé con el primer humo de un pitillo recién encendido.

—No puedo decírtelo.

—Tienes diez segundos para contárselo al tío Milton o te juro por Dios que te taladro la cabeza —le amenacé al coger con mi mano su cráneo por la parte de atrás. Con los dedos pulgar y anular hice presión justo en la zona posterior de los lóbulos. La reacción fue inmediata.

—¡Ha sido Arístides Valentín! ¡Para, para, te lo suplico! —las lágrimas limpiaban la sangre de sus mejillas.

—¿Y cómo hallo a ese Arístides Valentín? —dije antes de liberar de presión su cabeza—.Venga, ayúdame, Flambeau. Yo estaba cenando tan tranquilo y tú has venido de pronto a joderme la noche —le quité la servilleta de la mano y comencé a limpiarle la cara de sangre y babas—. Has interrumpido mi cena, pero te perdono, ¡estoy dispuesto a perdonarte y a olvidar tu cara de vándalo silingo si me dices dónde puedo encontrar a tu jefe!

—Es el propietario del gimnasio AV. Está en la calle de la Arrogancia número 13. No le digas que yo te lo he dicho, por favor.

—No va a hacer falta, Flambeau, no va a hacer falta. Bueno, ahora dime, ¿qué has hecho con la doctora Cadman? ¿No habrás cometido una locura? Mi amigo está histérico y tengo que calmarme. Él paga la cena, ¿sabes?

—¡No!, yo no la he hecho nada, ¡te lo juro! Se me escapó cuando empecé a perseguirla en el parking de la Universidad. Tenía instrucciones de secuestrarla y llevarla al almacén del gimnasio. Nada más. Se escapó, me dio esquinazo. ¡Palabra de honor!

—¿Honor? Flambeau, representas las antípodas del honor. Anda, lárgate. No olvides mi cara. Dile a Luis Corral que venga. ¡Lárgate!

Y así huyó, *rabo inter pernorum*, aquella caricatura sarcástica de cerebro hipotrofiado. Al poco regresó mi antiguo compañero de colegio. Traía un brandy en su mano, parecía un garfio. Respiraba a espasmos violentos, su plexo se contraía. Era un mal espíritu, iracundo, no cabía duda. Yo había colocado la mesa, arrinconado unos pocos escombros, recompuesto la cubitera, rescatado mi vaso y pedido excusas a los escasos comensales que degustaban mariscadas y ribeiros en el salón comedor. Corrí la cortina alpujarreña. Me senté apartando las distintas formas poliédricas que antes conformaban un plato y le ofrecí un cigarro a Luis. Lo aceptó con ira, aplastó el filtro hasta hacer de él una diminuta línea. Aquel hombre fumaba en convulsiones. Luis Corral empezaba a darme asco.

—¿Qué te ha dicho? ¿Sabes dónde está la doctora Cadman? —preguntó clavándome la mirada.

—No sabe nada. Era un fantoche musculitos. Quien lo haya contratado no conoce las cloacas de la intimidación, eso es una buena noticia para ti y para la doctora Cadman. Si me dijeras qué huevos (o cigotos) has descubierto podríamos avanzar más y mejor. Quizá intente amedrentarte otro compañero y rival de tu misma área de investigación, tal vez una empresa farmacéutica quiera hacerse con la patente de tu hallazgo.

—¡Ja! Te lo he dicho ya, Milton. Las personas vulgares no pueden apreciar lo extraordinario. Soy el descubridor de una realidad revolucionaria para la humanidad. No solo en el campo de la medicina. Te ruego que dejes de insistir. Sabrás los resultados de mis estudios a su tiempo, como todo el mundo. ¿Qué podemos hacer? ¿Cómo encontramos a la doctora Cadman? Estoy preocupado por ella. El hecho incontestable es que ha desaparecido.

—Hay varias formas de desaparecer.

—¿Cómo? —balbuceó al atragantarse con el licor.

—De manera voluntaria y de forma involuntaria. A lo mejor ella se ha desaparecido y no ha desaparecido.

—¿Por qué?

—Si supiera la respuesta, te habría cobrado ya mil euros. Aunque ser perseguida por un cíclope en el parking de la Universidad ayuda a abrazar la invisibilidad. ¿No crees que deberías poner este asunto en manos de la policía?

—¡En absoluto! Quiero discreción total. Tú no lo entiendes, ¡no quiero a la policía!

—Claro que no lo entiendo. Vamos a ver —lo interrumpí con brusquedad—. Si tu descubrimiento es la hostia consagrada por qué no denuncias simplemente la desaparición de la doctora Cadman. Denuncia la desaparición de una compañera de trabajo. La policía no te va a pedir la partida de nacimiento ni fotocopias compulsadas de tu investigación por eso.

—¡No, no y no! Ella ha desaparecido por algo relacionado con mi investigación. Mi cuñado ha muerto, ¡no lo olvides! El gigantón de hace un momento podía ser un memo, pero trabaja para gente sin escrúpulos, ¡quieren apoderarse de mi descubrimiento! Es preciso mantener a la policía al margen. Nada de policía, ¿me entiendes?

—Algo huele a podrido en Dinamarca. Existe un tipo de cliente que busca la ayuda de un detective con un fajo de billetes en una mano y en la otra una pinza para no oler el tufo a mierda de su caso. ¿Puede ser que tu interés por encontrar a la doctora Cadman no se limite a lo personal?

—No comprendo —dijo torciendo la boca en un gesto doloroso.

—Permítame que me arriesgue a decir que la doctora Cadman tiene en su poder algo que tú necesitas. Datos, pruebas, resultados, análisis, ¡yo qué sé! Eres tú quien no quiere a la policía cerca. No mientas. Hay algo más que pretendes mantener en secreto, hay algún secreto que buscas recuperar. Y la doctora Cadman es la clave.

—Puede ser, Milton. Pero también me preocupa su bienestar. Cumple con lo que te encargo. Ya no eres policía, no juegues a serlo —contestó sin pestañear.

—Daré un salto de fe y creeré que no hay una montaña humeante de estiércol detrás de todo esto. Pero nunca me he fiado de quien huye de la policía. No me alegro nada de verte, Luis. Bueno, dos cosas. Escríbeme aquí la dirección de la doctora para echarle un vistazo a la casa —le pasé una de mis tarjetas y una pluma—. Por cierto, ¿te suena el nombre de Arístides Valentín?

—No, no me suena, ¿por qué? —dijo sin levantar la mirada de la mesa.

—Por nada, tú no lo entiendes. Secreto profesional, capullín. Ah, ejem, hablando de florecer, necesitaré una provisión de fondos. Si voy a dedicarme a tu caso, he de abandonar otros y la siembra impide la recolección.

—Toma, aquí tienes dos mil euros —sacó su cartera y extrajo de ella cuatro billetes morados—. Te lo dije. Tengo recursos. Este asunto es muy serio. Dentro de una semana, cuando haga público mi estudio, lo entenderás todo. Tú encuentra a la doctora Cadman y te compensaré con un enorme ramillete de estas violetas. Ahora debo marchar, mañana madrugo. Tengo clase en la Facultad a primera hora.

Antes de irse me dio su tarjeta para que lo llamara con cualquier noticia. No hizo ademán de pagar la cena. Tampoco se lo recordé. Me fumé un cigarro a solas para dejar que mi cerebro desbridara tanta información. Necesitaba convertir cada concepto, cada suceso, cada dato, en un filamento independiente, desanudar tan enmadejado asunto. Miré la hora, las diez y cuarto. Aquel caso no me gustaba, pensé al depositar la mirada en mi mano izquierda, que agarraba con fuerza los dos mil euros, como una araña devorando a su víctima.

Normalmente lo que a uno no le gusta le trae problemas colaterales. El caso más claro de lo que afirmo es la muerte, a nadie le gusta la muerte y por eso muchos, demasiados, no saben vivir, porque huyen de lo inevitable, obvian la gravedad y se empecinan en saltar desde un quinto piso pensando que el centro de la tierra no les va a engullir. No, a ellos no. Yo supe pero no quise saber.

Cristian entró en *la ratonera* negando con la cabeza y chasqueando la lengua. Portaba un cepillo y un recogedor.

—¡Qué desastre! —exclamó—. Y todo esto quién lo paga, Milton.

—Tú, con los cincuenta euros del grandullón. Voy a acodarme en la barra, ¿hay alguien?

—¿Alguien?, todo el grupo RUESCA al completo, ¡vaya nochecita me espera!

—Tienes razón, no quisiera ser tú.

Capítulo IV

*Si le preguntas a un beodo
cuál ha sido su mejor trago,
te contestará que el siguiente.*

E L grupo RUESCA (ruso, escocés y caribeño) surgió por la constancia de la casualidad. Era una tertulia multidisciplinar, una excusa a la realidad, un grupo de opinión enfebrecida, un círculo hermético, una explosión de amigos, una pausa de soledades, un club de libadores (nunca te preocupe cuánto bebes sino con quién bebes). Llevándole la contraria al gran Conrad puedo afirmar que era un conjunto valiente pero no temerario, audaz sin voracidad y osado sin caer en la crueldad.

Todavía recuerdo con nitidez cómo conocí a Glándula González, «doble G» a partir de ahora. ¡Qué tiempos aquellos en los que el exceso se encariñó conmigo y no me hizo deudor de ningún mal que no haya sido capaz de pagar! No le debo nada a nadie, solo a mí mismo y soy acreedor de paciencia jobítica a la hora de cobrar.

Aquella tarde yo llegaba al *Airiños do Miño* ebrio de poder y de gloria, escoltado por dos hermosas suecas a las que había rescatado, en la plaza mayor, de la rutina turística. No traíamos el vino subido a la cabeza, nos la desbordaba como si nos hubiesen disparado a la sien y la sangre no dejara de fluir. Entré en mi bar, en mi casa, al grito de «¡que no se respire miseria!». A un lado de la barra una pareja de ejecutivos perfectamente uniformados de pijos charlaba. Uno de ellos, «doble G», se percató de la belleza carnal de mis acompañantes y con la maestría del cetrero puso a su acompañante fuera de juego en una maniobra perfecta de simulación. Mirando su reloj hizo ademán de tener que irse. Salió junto a su amigo del restaurante para regresar sin él a los pocos minutos. Un mete y saca taurino del mundo de los bares.

Es cierto que nos habíamos visto antes un par de veces en el *Airiños do Miño*, pero nunca nos habíamos dirigido la palabra. Cosas de hombres, cosas de barra. A una taberna uno va a beber no a hacer amigos. «Doble G» puso fin a tal silencio entre camaradas invitando a una ronda y presentándose con tal encanto que a los pocos sorbos di de lado a las extranjeras. Su conversación era divertida, sólida. Trabajaba en un banco alemán al mismo tiempo que colaboraba en un bufete de abogados. Era un hombre alto, atractivo, musculado, con ecos mortecinos de pelo rubio que le sobrevivía en una isla de su coronilla con forma de solideo. Se gustaba a sí mismo y no le agradaba disimularlo. Bebimos y charlamos hasta que yo me quedé dormido sobre la banqueta, momento en el que José Manuel, dueño del *Airiños do Miño*, siguiendo una rutina, se acercaba a mí con discreción y se hacía cargo de la pistola que yo ocultaba en la cintura. «Doble G» se llevó a su casa a las dos mujeres, en un estado ya de postración moral irredenta.

Al día siguiente, a la hora de la sobremesa, estaba recuperándome de una resaca *king size* en la barra del *Airiños do Miño* cuando entró «doble G» acompañado por Abel Sánchez, un rico empresario del mundo de las telecomunicaciones. Extremeño y en consecuencia caballero huracán, de furibundo carácter e imprevisibles repentes, su perilla le hacía mosquetero y su carcajada retumbaba en los muros maestros de cualquier construcción. Solía zarandear a su interlocutor por el hombro igual que un leñador pegando hachazos a un roble. La voz le salía de la boca como un trueno que estuviera de parto, sus palabras eran volcánicas. Solo recuerdo de aquel encuentro que José Manuel nos echó a patadas a eso de las dos de la madrugada y que tardé una semana en cagar sólido y más de dos meses en pagarle la cuenta.

A los pocos días se unió al recién formado trío calavera de Plaza de España, así nos llamaban los hosteleros, el profesor Ulpiano Paredes, catedrático de Psicología evolutiva. Hombre reservado que no tímido, callado que no silencioso, apasionado de la investigación y autor del famoso experimento conocido como el *metro de Paredes*: un trabajo de campo que recogía más de cinco mil cuestionarios entregados a viajeros del suburbano madrileño. A lo largo de una serie de estaciones el voluntario debía plasmar, en un documento detallado que se le daba antes de acceder al vagón, las impresiones primeras que le causaban las personas que iban subiendo en las distintas paradas del metro. Algunos de esos viajeros eran actores y actrices caracterizados de estereotipos sociales. El resultado que arrojó su estudio, además de resultar un desdoro para los más ortodoxos psicólogos sociales, fue determinante para frenar el optimismo en la bondad y el altruismo de la especie humana. La aplastante mayoría de las contestaciones dadas, bajo la protección del anonimato y manejando márgenes rigurosos de error estadístico, arrojaban concluyentes respuestas egoístas, agresivas, sexistas. El ser humano rechaza a sus congéneres y desconfía de manera radical de sus semejantes. Por abrumadora mayoría evolutiva solo piensa en sí como individuo. La solidaridad y la tolerancia tienen cimientos de escarcha. Somos un castillo de fósforos. La sociedad solidaria es un accidente, no un fin. Los grupos humanos sobreviven bajo el imperativo biológico, pero no en un sentido de sobresaliente sinergia, sino en un acto de deficiente entropía. *No debemos ver en la Razón una diosa, sino un ángel… a veces caído*, solía decir Ulpiano, quien a pesar de los resultados pesimistas de sus esfuerzos intelectuales seguía manteniendo una apasionada motivación de compromiso que le llevaba a ser concejal socialista de un pueblo de la sierra madrileña. *Algo falla en las ciencias sociales, lo sé, porque si mis conclusiones fueran acertadas no recomendaría a nadie perder el tiempo en busca de la justicia colectiva*, me confesó una vez antes de pedirse el noveno whisky. *Las ciencias sociales no son objetivas, sus apriorismos nacen con malformaciones ideológicas. No hay axiomas, solo hipótesis tramposas.*

El cuarteto de Alejandría, así nos llamaban ahora los viejos del barrio porque había que mantenerse Alejado de nosotros, derivó con el paso de los meses en encuentros más esporádicos, pues nuestros trabajos y bolsillos no nos permitían una conciliación de la vida vocacional con la profesional. Así surgió el grupo RUESCA (vodka, whisky y ron), reuniones semanales donde nos mostrábamos tal y como éramos, borrachos parlanchines, sin necesidad de recato, porque *vivir, además de convivir, es conversar,* que dijera Manuel Guerra. De vez en vez alguno de nosotros traía un invitado que solía acabar indignado o haciendo el ridículo más espantoso, por lo que, de una u otra forma, no volvía a repetir. Empezábamos siempre en nuestro querido *Airiños do Miño,* pero ni siquiera las Moiras conocían dónde acabaríamos.

Volviendo al presente, que es pasado ahora que escribo estas líneas, allí estaban todos en la barra. Riendo y charlando. Elegantemente vestidos, arrojando vida rutinaria e inteligencia salvaje por los imbornales del vicio. En una ocasión leí que un amigo es aquel que te conoce y aun así te quiere sin condiciones, quizá por eso siempre pensé que la amistad es algo prescindible. Les acompañaba un desconocido apocopado y taciturno. Al verme salir del comedor los brazos del grupo se abrieron como las puertas de una ciudad amurallada.

—Buenas noches, Milton. ¿Qué tal la cena? —preguntó con maldad Abel.

—¡*Eslamjabar,* camaradas! Y al desconocido, buenas noches. Dantesca, hermano —respondí abrazándolos uno por uno hasta llegar al extraño.

—Milton, te presento a Álvaro Pernillas —introdujo Ulpiano—. Es juez. Es un triste. Solo sirve para trabajar, lleva su juzgado al día. Lo he traído para que eche algo de veneno. Sin embargo, está oponiendo una resistencia numantina. No bebe, se hidrata.

—Encantado. Soy Milton Vértebra. Siempre me he preguntado qué pensó Escipión al entrar en Numancia. Por cierto, Ulpiano, ¿para qué cojones me llamaste a las cuatro de la mañana ayer? No entendí nada de lo que decías y de pronto se cortó.

—¿Quieres oír una historia aterradora? —dijo Ulpiano levantando la mano para que Nito, el camarero que bregaba en la barra, sirviera una nueva ronda.

—Yo lo vi todo. Lo que te va a contar es tan cierto como que antes de inventar la mentira los hombres ya creían en Dios —intervino Abel.

—Sabes que ayer por la noche quedamos a cenar en ese nuevo restaurante junto a la casa de Abel —comenzó a narrar Ulpiano—. Ni tú ni «doble G» pudisteis venir alegando dignísimas excusas. El hecho es que comimos mucho y bebimos más.

—Mucho más, doy por seguro que os bebisteis hasta el agua de los floreros —murmuró Nito entregando las bebidas, jurando en arameo. Era un hombre amargo—. No entiendo cómo sois tan buenos en vuestros trabajos. Deberíais estar entre cubos de basura.

—¡Calla, Nito, coño, y pon algo de comer! Alimenta a los héroes, esclavo. De camino a casa de Abel pasamos junto a su nuevo coche. Es muy bonito, obscenamente bonito. Un coche que tú no podrás comprarte nunca, Nito. Nos dimos cuenta de que a unos treinta metros más adelante, justo frente a su portal, había un hueco de aparcamiento libre.

—Entonces yo le dije que lo llevara hasta ahí, ¡treinta metros!, y que viese cómo el coche aparcaba en automático.

—¡Tú y tus ideas, Abel! —le contestó Ulpiano antes de proseguir—. Bueno, cojo el coche, este vuelve un segundo al restaurante porque nos dejamos allí un paquete de tabaco y le apetece echarse un pitillo en la calle. Me quedo solo, ¡treinta metros! Nada más sacarlo se me cala. Un cochecito que no tiene llaves, que se enciende con un jodido botón, ¡la hostia con levadura! Empiezo a tocar y nada, ¡nada! Solo un ordenador con voz de mujer hablándome de gilipolleces, ¡poniéndome de los nervios!, que si tal, que si cual, ¡cállate, puta, le grité!

»Cuando quiero darme cuenta, a mi lado hay una patrulla de la policía municipal. Uno de los agentes me hace gestos para que baje la ventanilla. ¡Bajar la ventanilla!, si era incapaz de ponerlo en marcha. Sigo tocando. Conecto los limpiaparabrisas y de pronto, no sé por qué, el techo solar se abre. Entro en histeria. Los policías encienden la sirena y se bajan del vehículo. Milton, te recuerdo que llevaba en mi cuerpo unas botellas de vino y una triada de copas. Me piden que abandone el coche. De repente, veo en el salpicadero unas pastillas de Almax. Sin dudarlo, me meto la tableta entera en la boca, no sé por qué, esperando quizá bajar mi puntuación en la prueba de alcoholemia. Y entonces ocurrió.

—El qué —pregunté al filo de la carcajada.

—No sé cómo pero se produjo una reacción química en mi bendita boca con las pastillas de Almax y empecé a excretar espuma. Parecía un perro rabioso. La policía intentó entrar en el coche, supongo que para auxiliarme, pues debieron pensar que moría ahogado o algo peor, y yo sin querer bajé con el codo izquierdo el pestillo de la puerta. Me subo al asiento y saco la cabeza por el techo solar para intentar explicarme.

—Total, que al final regreso —interrumpe Abel— y logro explicarle a los agentes más o menos lo ocurrido, pero se empecinan en pedirle la documentación a Ulpiano y… ¡tachán, tachán! no la llevaba con él. Decidimos llamarte, eres una leyenda entre la policía. Fue cuando recibiste el telefonazo.

—Ja, ja, ja. ¿Cómo acabó todo? —pregunté agarrándome el estómago.

—Ulpiano conoce al jefe de la policía municipal, su hijo prepara el doctorado con él. Lo llamamos y se arregló el problema en un santiamén, pero, ¡vaya disgusto! Por poco si no consigue anular su reserva para dormir entre rejas. ¡Los policías no daban crédito a tanto despropósito! Brindemos, pues. *Salutem plurimus!*

—*Ad cucarachas meas!* —respondimos todos menos el juez.

Y de tal guisa toda la noche. Historias góticas, cómicas, tristes y anecdóticas hisopeadas con alcohol. Una pena, dirán muchos. El juez marchó a su casa cuando cerramos las rejas del *Airiños do Miño* y ya como cubas empezamos a practicar *Wajara Yitsu*, un arte marcial de borrachos inventado por nosotros mismos. Estaba espantado, nunca más saldría con nosotros. Era un cretino que, por no romper sus cadenas morales y complejos éticos, obligaba a sus allegados y subordinados a vivir en un aburrimiento plomizo de la misma densidad que el barro. En él se personificaba la frase creada por María del Mar Espinar de que *gilipollas no lleva tilde pero con los años se acentúa*.

Acabamos como siempre, siguiendo la carrera desbocada de los caballos de la noche, en el prostíbulo de la Tere.

Allí invité a cada uno de ellos a una mercenaria. Soy de bolsillo roto. Nos llevamos también a Rafael Hithloday, el viejo vagabundo de Fuenteovejuna, pues allí las mujeres le daban un caldo caliente, las sobras frías de las pizzas y, con algo de suerte, lo dejaban dormir en el cuarto de la lavadora entre las sábanas usadas. Yo elegí a Marta, una veterana de Río de Janeiro, hermosa como una catedral antigua, con un torso y unos hombros pecosos en los que me gustaba inventar constelaciones mientras la penetraba. La primera vez que hablé con ella me cautivó la melodía brasileña de su voz, hablaba como un pajarillo en primavera. Cada vez que parpadeaba, sus mejillas se sonrojaban en una combinación muscular inagotable. Le fascinó mi capacidad de hacer aparecer una moneda de un puño cerrado que antes había sido palma abierta sin nada en su interior. Llegué a imaginar agradables conversaciones hasta el alba en el *regazo apostólico* de aquella mujer, que diría García Márquez; desnudos sobre el edredón; sudados como si nos hubieran untado en aceite; compartiendo copa y cigarrillo; ausentes del mundo; creyéndonos por unas horas nuestra ficción, haciéndole magia en la almohada, pero cuando se enteró de que yo había nacido en Granada me dijo que tenía muchas ganas de visitar la Alambrada. La paré en seco, nunca he soportado a las personas no cultivadas. Follaría con ella cuando estuviera muy borracho. Así sus tonterías taparían las mías. La apunté, por añadidura e implicación con el gremio de las hetairas, a un cursillo de informática que la Comunidad de Madrid ofertaba a autónomos, cosa que me agradeció siempre muchísimo, pues le sirvió para hacerles la declaración de la renta a sus compañeras y ganarse unos euros de más antes del veranito.

La última vez que miré el reloj aquella noche parecía una esfera líquida, mas puedo asegurar que eran las cuatro y media de la madrugada cuando abría la puerta de mi casa. Caí en ángulo recto sobre la cama con altanería, sonriendo y llorando a un mismo tiempo. Había vencido una vez más a la vida, la había destrozado, empequeñecido, desaprovechado porque siempre me ha gustado hacer nada, que no es lo mismo que no hacer nada.

Capítulo V

Un paso hacia delante
a veces puede ser una huida.
Muy pocos corren de espaldas.

M E desperté a las ocho de la mañana (cuando bebía no dormía, esto es, he dormido muy poco como regla general a lo largo de mi vida) con la sensación de habitar el interior de una pecera en la que el agua era gelatinosa. Saqué del cajón de la mesilla unos omeprazoles y cuatro analgilasas, tragué las pastillas con agua tibia de una botella que no sabía cómo había llegado a la cama, quizá llevara allí días, y acto seguido suscribí el refrán: *café, cigarro y muñeco de barro*. Después tomé una ducha hirviendo. Dolorosa e irritante, como un exorcismo. Tenía tantos gases que necesitaba una cesárea. Me lavé a conciencia, estrujando, apretando, escurriendo los músculos, repitiendo el versículo de Isaías: *¡Ay de mí! Estoy perdido, pues soy hombre de labios impuros*. El alcohol se escapa por el cuerpo después de una jarana como vino que suda en odre malo. Me eché un pellizco de jabón líquido y dos gotitas de lejía dentro de la boca con un buche ardiendo de la alcachofa. Cuando la espuma desbordaba mis labios y mi aliento se redimía, volvió a mi mente la anécdota de Ulpiano y carcajeé a mandíbula batiente.

Ya pulcro, seleccioné un traje gris con camisa blanca y corbata roja. Cinturón y zapatos valencianos de tafilete. Elegí una pequeña pistola, la Glock 36 regalo de mi hermana Paz, y la calcé en la tobillera izquierda, bajo el calcetín de ejecutivo. Vacié los bolsillos de la noche anterior y trasvasé las sobras a la cartera. Mi abuelo solía decir que un hombre con cartera pero sin dinero es un cadáver andante. Me había gastado quinientos treinta euros, ¡san Braudilio del Llobregat!, ¡que no se respire miseria! Cogí una baraja del cajón de magia y la eché al bolsillo. Bajé a la calle para tomarme otro café, botellita de agua gasificada con dos hielos, su rodajita de limón y un pincho de tortilla en el *Airiños do Miño*. Allí estaba Rafael Hithloday a un extremo de la barra, como el viejo mascarón de proa de un barco fantasma. Había tenido suerte y le habían permitido dormir en el lupanar. Me miró con agradecimiento y me recitó unos versos de Góngora: *porque al sol le está mal/ lo que a la aurora bien*. Su boca semejaba una llaga putrefacta y horrible. Sus encías eran pulpa, igual que esponjas empapadas en sangre. Sentí infinita pena por él. De una u otra manera llevaba en mi vida unos veinte años, como un chucho callejero apaleado por el destino que se te acerca con miedo cuando tienes a bien regalarle migajas y huesos chupados. *¡Perra diosa el éxito!*, en palabras de D.H. Lawrence. Que desperdicio de vida que se negaba a concluir. No, no. Me arrepiento profundamente de lo que acabo de escribir. Hace años leí la autobiografía de san Festonio de Winchester y en ella el preclaro prócer reconocía que todo se lo debía a un borracho de taberna que lo salvó de ser arrollado por un carro, a cambio de su miserable vida, cuando contaba siete años. Aquel beodo permitió con su sacrificio que el mundo pudiera disfrutar del calado intelectual y de la bondad de este hombre histórico. Quizá en el Más Allá se nos juzgue por una sola acción, por eso debemos esmerarnos en que sea buena, porque debe haber mucha competencia para traspasar las estrechas puertas del cielo. Una sola acción que redunde, de verdad, en beneficio del otro. Un solo acto que dé sentido a toda una vida. Una ráfaga de luz que luche contra tantas mareas de sombra.

Tenía previsto acercarme al gimnasio AV para mantener una charla con Arístides Valentín. Necesitaba saber quién lo había contratado. Debía calibrar la personalidad del propio Arístides para, *ab uno discit omnes*, pergeñar la seriedad del peligro que corría Luis Corral. ¿Quién andaba detrás de las amenazas? ¿Otro neurólogo neurótico, una empresa farmacéutica, quién? Lo de la muerte de su cuñado no me encajaba; desde un primer momento lo atribuí a la casualidad. Cuando alguien amenaza, lo hace siempre desde cerca. Los cuñados duelen, pero no tanto. No, tal opción no ensamblaba bien en mi cabezota. No veía a la bestia parda de Flambeau matando a nadie. Así como el pintor tiene el don de captar lo intangible; el mago, de crear un segundo irrepetible de credulidad eléctrica; y el arquitecto, de construir sobre el vacío; un policía vocacional es poseedor de una intuición felina que roza la adivinación.

Más tarde, si de mi entrevista con el señor Valentín (al que imaginaba como un forzudo tozudo de cabeza rapada y envuelto en una red de tatuajes orientales) no sacaba nada en claro sobre la doctora Cadman, visitaría su casa. Por cierto, no sabía su estado civil. No era lo mismo colarme en la vivienda de una soltera que en un hogar familiar con perro, hijos y marido. Pero antes de cualquier otra cosa marqué el número de teléfono de mi amigo tahúr para preguntarle cuánto se había gastado el snob ejecutivo en la timba de naipes. No quería descuidar mi otra, y única, fuente de ingresos.

—Tienes la foto, te va a costar un poco más. Cien euros más. Me llevó mucho esfuerzo hacerla. Y se ha gastado siete mil euros. Es un perdedor de libro. Lleva tanta coca en su cuerpo que podría pasar por mulero. Algún día alguien estudiará el efecto de esta puta droga en tantas decisiones tomadas por cuatro cantamañanas que han jodido la vida a la humanidad. Te lo digo yo.

—La foto me la dejas al mismo precio o te juro que voy ahora mismo a verte y te saco la rebaja a hachazos. Gracias por la información. Envíamela hoy al despacho y esta noche tendrás el dinero. Si a las siete no he recibido el paquete, no hay trato. Te metes el retrato por el culo y correré la voz de que te gusta guardar imágenes de recuerdo de tus jugadores. A ver si puedes seguir organizando timbas. Cuando el río suena…

—¡Qué hijo de puta! Un placer hacer negocios contigo, Milton. Algún día te sacaré tajada.

—Algún día, pero hoy no. Por cierto, tu padre sigue viviendo en la calle Zurbano, ¿no? Lo digo porque si no cumples le hago una visita y hablamos de sus deudas. A veces me pagan para recuperar dinero.

—Sé que no harías eso. Eres un cabrón pero no eres malo. No cuela. Buenos días, tendrás la foto sin retraso ni hinchazón.

—Gracias, en cuanto se te pasa el ataque de codicia pareces un tipo muy tratable.

El taxi me dejó al inicio de la calle Arrogancia y ya entonces supe que algo no iba bien. El número 13, donde se hallaba el gimnasio AV, apareció a mis ojos tomado por la policía. Me acerqué echando un cigarro, cabizbajo, intentando descifrar las complejidades de mi presentimiento. Había una ambulancia con las luces puestas en delirio junto a los coches patrulla y el vehículo del Juzgado. Esperé unos minutos justo enfrente, mimetizándome con el resto de mirones. Aquel lugar imitaba el trajín de un hormiguero. La cabeza se me iba aclarando a buen ritmo, los posos del alcohol caían hacia el estómago sin molestias colaterales. Al poco salió del gimnasio el inspector Carlos Rodríguez de Ávila, buen amigo mío. Me vio y saludó con una sonrisa franca al tiempo que me hacía gestos manuales para que me acercase.

Conocí a Carlos Rodríguez de Ávila en una fiesta quince años atrás y nos caímos bien biológicamente al instante. Casualidades de la vida yo acababa de llegar de El Salvador, donde estuve destinado un tiempo en la embajada española, y él de «concluir» un caso relacionado con mi familia, los Vértebra. Desde aquel encuentro siempre que podíamos provocábamos cenar juntos una vez al mes. Sabía de su pasión por las banderas y escudos, así que me acerqué a él con una pregunta en la boca.

—¿Qué animales aparecen en el escudo de Chile?

—El cóndor a la derecha y el huemul a la izquierda. *Por la razón o la fuerza*, reza el lema. ¡Qué alegría verte! ¿Qué haces por aquí?

—Aunque no te lo creas venía a apuntarme a este gimnasio. Estoy echando tripa.

—Pues acaba de aparecer muerto el dueño.

—¿No se llamaría Arístides Valentín?

—Sí, señor. Además, le han extirpado el cerebro. Creo que nos enfrentamos a un asesino en serie. Es el cuarto crimen de este tipo en seis meses. El *modus operandi* es siempre el mismo. Le abren con un abrelatas el cráneo y lo vacían.

—Espera, espera —dije estupefacto—. ¿Me estás diciendo que le han sacado los sesos y que no es el primero? No sabía nada de estos crímenes, paso demasiado tiempo en el bar, estoy desconectado.

—Sí, Milton, te conservas bien en alcohol y humo, pero lejos de la realidad. No hemos filtrado nada a la prensa para evitar la danza de los cuervos mediáticos, pero con éste ya van cuatro asesinatos a lo Hannibal Lecter. Estamos fuera de juego. Bueno, ahora en serio, los leones no pasean, cazan. Dime qué haces por aquí.

—Un conocido me ha recomendado el gimnasio. Voy a empezar a cuidarme. Si me invitas a comer, te cuento lo que sé.

—La invitación dala por hecha, Catrina quiere verte de nuevo, le encantan tus trucos de magia. Organizamos algo en casa para la semana que viene. Tú no te mueves de aquí. Pasa y huronea, avisaré a los chicos de que te dejen tocar y husmear. Si sabes algo, lo necesito, por favor.

—Ok, sé poco, muy poco. Déjame olisquear —contesté atrapado por mi lealtad corporativa— y te cuento.

—¡Muchachos, es el comisario Vértebra, que nadie le ponga un pero! —gritó Carlos a los compañeros.

Entré en el gimnasio saludando y estrechando las manos de algunos policías de la escala básica. Todavía se recordaba en el Cuerpo lo que hice tiempo ha. Una gesta que despeñó mi carrera por el precipicio laboral al mismo tiempo que me hizo acreedor del respeto perpetuo de todo un colectivo profesional. Se me seguía conociendo como el comisario Vértebra cuando ya nada me vinculaba a la policía. Mi corazón lagrimeó de orgullo.

Fui sin desviarme hacia la secretaría del gimnasio. Allí un policía interrogaba a una chica joven. Era de un basto provocado, de una vulgaridad que denotaba pertenencia miliciana a la clase suburbial. Rubia teñida, azogada como una geisha, con piercing en nariz y lengua. Llevaba una camiseta de tirantes que permitía ver sus tatuajes de simbología oriental (es curioso el desprecio de los analfabetos hacia su propia cultura). Pantalón de chándal y tacones. Rumiaba un chicle. Su fenotipo desbordaba desapego por la evolución. Estaba descompuesta, se mordía las uñas pintadas de amarillo. Saludé al policía que hablaba con ella, el cual quedó algo perplejo por mi presencia, pero la voz de Carlos Rodríguez de Ávila atronó al instante la habitación. «Pintos, deja al comisario Vértebra con la chica y ven, te necesito».

Lo primero que hice al quedarme a solas con la muchacha fue ofrecerle la papelera.

—O masticas con la boca cerrada o lo tiras. Ya soy mayor para aguantar mala educación. Vamos a ver, ¿eres la secretaria del gimnasio?

—Sí —contestó ella amedrentada en un principio.

—¿Cómo te llamas?

—Jésica —dijo y se sacó el chicle de la boca a regaña-dientes. El orgullo barriobajero comenzó a burbujear en su rostro pintado al fresco.

—¿Era tu jefe o además te lo tirabas?

—Era mi chico. Oiga, no me falte el respeto.

—No te tengo ningún respeto, así que no hay nada que faltar. Cállate y responde a mis preguntas —clavé mis ojos en los suyos mientras me encendía un cigarro—. Estás metida en un lío de cojones. ¿Qué otros trabajos tenía Arístides aparte del gimnasio?

—¿Cómo?, no le entiendo —su voz se partió igual que una rama.

—Sé que tu novio estaba trabajando para alguien. No me hagas perder el tiempo. Sé que contrató a un tal Flam-beau. ¡Quiero saber más!, y tú me lo vas a decir.

—Flambeau es mi hermano —balbuceó la joven con el rostro agarrotado de terror—. Es verdad que tenía sus trapicheos, pero nada de importancia, creo. Nunca hablaba conmigo de esas cosas

—¿Trapicheos?, no sabemos dónde están los putos sesos de tu novio y tú me hablas de encarguillos. Voy a pedir que te detengan por obstrucción a la Justicia, vas a pasar la noche entre drogatas y putas, a ver si así se te refresca la memoria.

—¡Yo no he hecho nada!, se lo juro —comenzó a llo-rar—. Arístides y yo no vivíamos juntos. De hecho, no nos iba bien. Anoche estábamos cenando fuera cuando a eso de las once recibió una llamada y se tuvo que ir. Creo que mi hermano y él tenían que ver a alguien. Esta mañana, al abrir el gimnasio, lo encontré muerto, ¡nada más!

—¿Dónde está tu hermano?

—Debería andar por aquí, se encarga del mantenimiento del local. Me ha escrito un mensaje diciendo que no podía venir esta mañana. ¿Le ha pasado algo malo? ¿No pensarán que él lo ha matado? Flambeau es un trozo de pan.

—De pan duro. Bueno, vamos a hacer una cosa. Yo te dejo mi teléfono —le pasé una tarjeta— y le dices a tu hermano, cuando se ponga en contacto contigo, que si quiere salvar el culo que me llame. Dile que soy quien le partió ayer la nariz. Ahora mismo solo tiene un amigo —afirmé al señalarme a mí mismo.

Jésica no sabía más. La dejé en la secretaría aterrada. Pasé del asco a la pena por ella en cuestión de segundos. ¡Odio a la gente que trabaja su vulgaridad intelectual! Al cruzarme con un agente de la escala básica le pedí que me llevara hasta el cadáver. No tardamos mucho. El cuerpo de Arístides Valentín yacía en mitad de la sala de musculación. Su cabeza, abierta igual que una sandía, terminaba en un colgajo de músculo viscoso. La rodeaba una enorme mancha sanguinolenta. Parecía un saco de remolachas roto. Junto a él charlaban un miembro de la policía científica y la juez. Su señoría me era del todo desconocida. Una atractiva mujer que frisaba los cuarenta, arreglada con ese buen gusto que anuncia personalidad rotunda. La saludé con respeto, parecía amable, sus ojos verdes me transportaron a un bosque recién llovido. El forense era Alejandro Larrañaga, *Apocalipsis*. Había tratado con él un par de veces, en casos complejos y sabía que su profesionalidad rozaba la perfección. Recuerdo aquel secuestro de un bebé al que acaban de trasplantar el corazón de un recién nacido con hidrocefalia congénita, muerto a las pocas horas del parto. La operación fue un auténtico logro médico, salió en todos los medios de comunicación. Nada parecía tener sentido en aquel asunto, pero la astucia de Alejandro nos llevó directamente hacia la madre del donante. La pobre mujer, víctima de una neurosis incontrolable, pensaba que si el corazón era el de su hijo todo el niño era su hijo. Alejandro encontró al pequeñín secuestrado oculto en el tambor de la lavadora de la casa de la madre perturbada. *Apocalipsis* representaba una bendición para cualquier investigación policial. Su paso por Granada, antes de pedir el traslado voluntario años atrás a Madrid, le había aupado a la categoría de leyenda. Me reconoció al instante. Me llamó la atención el clasicismo de sus patillas en forma de chuleta, cuidadas pelo a pelo con la dedicación de un joyero. No hizo falta que preguntara nada.

—¡Comisario Vértebra! —exclamó al guiñarme un ojo—. Nuestra víctima murió de una puñalada certera en el corazón. A muy poca distancia, de abajo a arriba, como una cornada. Un golpe limpio, premeditado y a traición. Ocurrió hace más o menos seis horas. Buscamos a un médico cirujano, sin lugar a dudas. La craneotomía *post mortem* es perfecta. Se ha utilizado un craneótomo neumático de quirófano. El cerebro ha sido extraído entero, como un flan después del clic a la lengüeta.

—Alejandro, ¿esta muerte es parecida a las otras tres?

—La craneotomía proviene de alguien con mucha pericia, no es fácil pelar una naranja sin llevarte nada de pulpa. Parece, a simple vista, que el autor es el mismo que el de los casos anteriores. Si no fuera así, nos enfrentamos a dos

EL PESO DEL ALMA

profesionales, *a pari*, con la misma habilidad. Esto complicaría la investigación en cuanto a caladeros de pesca, digámoslo así, pero haría más fácil la pesca en sí misma. *Ab alio expectes alteri quod feceris.* Dos truchas nadando en río revuelto tienen más posibilidades de ser capturadas que una sola. Déjame, de todas formas, que analice los bordes del cráneo con el microscopio a ver si encuentro algunas diferencias en el uso de la máquina. En los tres casos anteriores se utilizó la misma herramienta, un craneótomo Midas Rex Legend, el instrumento clásico y más versátil para estos menesteres, y se siguió idéntico patrón de corte en contra de las agujas del reloj. Ahora bien, a este pobre le habían operado antes en la cabeza varias veces —dijo al indicarme con el dedo varias cicatrices del casco craneal—. Sería interesante ver su historial clínico.

»Sin embargo, las tres víctimas anteriores fueron envenenadas por ingesta de cianuro. Además, sus cuerpos aparecieron en lugares intransitados: en la Casa de Campo, en un descampado de Carabanchel y en la cuneta de una carretera secundaria cerca de Montejo de la Sierra. Este crimen es distinto. Se conocían. Existía algo personal entre nuestro asesino y Arístides. Los otros cadáveres eran dos prostitutas de la Casa de Campo nigerianas y un mendigo de Aluche. Gentes marginales, víctimas fáciles y sometidas al azar en la elección. Nuestra atracción gravitacional es la extirpación del cerebro, *ne avertas oculos a fulgure huius sideris si non vis obrui procellis.* Nuestro asesino o asesina, no puedo asegurarte que fuera un hombre, buscaba cerebros en los tres anteriores crímenes. Al pobre que tenemos aquí lo mató por algo en concreto y luego aprovechó para llevarse su cerebro. Aprovechó una discusión para asestarle la puñalada. Se estaban mirando cara a cara.

—¿Sabes quién es Luis Corral? —pregunté a bocajarro, noqueado por la información.

—¿El doctor Corral?, claro que lo sé. Es una eminencia en neurología a nivel mundial. Decano de Medicina en la universidad de San Jorge y cirujano titular del hospital del Dragón. Introduje su nombre en la lista de posibles sospechosos que le pasé al inspector Rodríguez de Ávila. Las cuatro craneotomías las ha hecho alguien muy acostumbrado a quirófano. En el hospital del Dragón, y por ende en la universidad de San Jorge, son especialistas en el campo de la Neurología. En Madrid, que yo sepa, solo hay cinco médicos en activo con competencia demostrada para esta labor —en ese momento *Apocalipsis* se metió la mano en el bolsillo de su chaqueta y sacó un papel—. Sí, aquí los tengo: el doctor Cantalejo, del hospital Gómez Ulla; el doctor Márquez, del hospital San Carlos; el doctor Persignan, del hospital de Getafe; la doctora Cadman y el doctor Corral del hospital del Dragón. Sé que el inspector Rodríguez de Ávila y su equipo ya los interrogaron. Parece que todos tienen coartadas, pero habrá que volver a visitarlos una cuarta vez. *Ab imo pectore*, creo que debemos centrarnos en descifrar qué necesita nuestro hombre, o nuestra mujer, de los cerebros de sus víctimas.

— ¡Joder, con la universidad de San Jorge! Cadman y Corral.

—Son reconocidos como genios en la cirugía intracraneal a nivel internacional. A Cadman y a Corral no los conozco personalmente, aunque sé de su prestigio, pero hace unos meses asistí a una conferencia y traté al becario que trabaja con ellos, se llama Eduardo Calvo. Resolvió todas mis dudas forenses. Era un coquito, un joven más obsesionado que apasionado con su trabajo. Si el discípulo era tan ducho, no puedo llegar a imaginarme cómo serán los maestros. Somerset Maughan dejó dicho que *el místico ve lo inefable; el psicopatólogo lo inexplicable.*

—Gracias, Alejandro. Me has sido de mucha ayuda. Te debo una cena. Señoría, un placer —dije al despedirme de ambos. Ella me miró con aséptica calidez; ninguna de las semillas de mi atractivo personal había agarrado en su interés. Supuse que estaría felizmente casada con un tipo gris, centrado en su trabajo, liberal y de buena familia. Asumir la regla de oro es lo que te convierte en un infalible depredador de mujeres. Y esa regla es que la mujer siempre elige. No hay nada que hacer con una mujer a la que no le llamas la atención. Si ella piensa que no, se acabaron (antes de empezar) todas las posibilidades. He dicho «piensa» y no «dice». Hay mujeres que dicen sí sin quererlo (movidas por una falta de autoestima destructiva) y otras que dicen no deseándolo (ah, ¡bendito cortejo!). Respetar el articulado normativo de la atracción te lleva a la satisfacción, no hacerlo acaba en fracaso. La mujer siempre manda.

Encontré a Carlos Rodríguez de Ávila cargándose una pipa en la entrada del gimnasio. Parecía ensimismado intentando encontrar el norte en un cielo nocturno lleno de nubes. Sacudía su zapato izquierdo como si hubiera pisado un excremento canino. Lo desperté de sus reflexiones con una suave palmada en el hombro. Me miró sediento.

Saqué de su oreja una cerilla encendida. Le encendí el tabaco de su pipa de espuma.

—Carlos, primero lo importante y luego lo más importante. Tienes que buscar una relación entre Arístides Valentín y el doctor Luis Corral. Escarba en el pasado, ¡donde sea!, necesitamos encontrar algo que los una. Ahí está nuestro eslabón. Ordena también la búsqueda y captura del hermano de la secretaria del gimnasio, se llama Flambeau. Es muy probable que esté muerto. Una cosa es clara, si lo que nuestro asesino busca en los cerebros es inteligencia Flambeau está vivito y coleando, pero me inclino por pensar que ya *ande con los peces* y sin masa encefálica.

—He interrogado al doctor Corral tres veces a causa de las otras muertes. Me pareció un hombre altivo, antipático, engreído. Ha sido muy hostil conmigo. En los tres casos tenía coartadas sólidas, muy sólidas, ya comprobadas, pero me pongo manos a la obra. Confío en tu criterio. ¿Me vas a decir algo más?

—De momento no, pero tienes todo lo que necesitas para caminar. Cuando descubras el vínculo entre Luis Corral y Arístides Valentín, habrás llegado al verano y los frutos comenzarán a caer maduros. En cuanto averigüe cosas nuevas las compartiré contigo sin dilación. Una cosa más, por favor —dije con una sonrisa soslayada—. Deja que sea yo quien interrogue a la doctora Cadman en esta ocasión. ¿Has tenido noticias suyas últimamente? ¿Recuerdas si está casada?

—No he recibido noticias suyas. ¿Debería tenerlas? La doctora Cadman, déjame ver —y sacó su desvencijada libreta de campaña—. Sí, aquí la guardo. Tamsin Cadman, cuarenta y cinco años, catedrática de la Universidad San Jorge, experta en cirugía neurológica invasiva, trabaja en el Hospital privado del Dragón, dependiente de susodicha universidad. Viuda, con una hija que estudia Medicina en el Reino Unido. Es inglesa, pero lleva toda su vida en España. Vive en la calle Beso Lento número 1, segundo derecha.

—Gracias, Carlos. En cuanto hable con ella te digo cosas. Dale recuerdos a Catrina. Ahora debo irme, ¿te acuerdas de la definición de sinergia que utilizaba en la Academia el viejo Uribe?

—Un policía más otro policía trabajando juntos son igual a tres policías —contestó liberando humo con olor a cereza de su boca.

—Tú y yo, ahora mismo, somos uno y uno en paralelo. Ten por seguro que, aunque vayamos por caminos distintos, no encontrarás un solo obstáculo por mi parte. No nos alejemos ni un milímetro el uno del otro. Me comprometo a no negarte ni una sola gota de información, pero permíteme que no te diga, de momento, donde está la fuente. Al menos hasta que cobre una segunda provisión de fondos. Cuenta conmigo realmente, amigo. Villanamente déjame ganar algo de dinero.

—¡Hecho! Espero que tu necesidad de parné no ciegue tu lealtad. Recuerda lo que dijo monseñor O'Duffy: *de nada sirve acusarse de haber robado un trozo de cuerda si se le olvida a uno señalar que a un extremo de ella había un caballo* —exclamó y me tendió su mano caliente por la pipa. La estreché con afecto y honor.

Capítulo VI

A los amigos se les acompaña
hasta las puertas del infierno,
allí se espera a que salgan.

Llegué a mi despacho sobre las once. Rita me miró con ese candor que solo una mujer frágil y sencilla puede provocar, con una mirada que denota abundancia de corazón, una mirada en forma de balanza: a un lado, un no me falles, y al otro, un tengo tantas ganas de sentirme viva contigo.

Llevaba una camisa escotada en isósceles. A pesar de los años su carne conservaba aún el estruendo de la caballería al galope. Los lunares de sus pechos se enseñaban y escondían a cada respiración, igual que estrellas. Me limité a sonreírla frugalmente. En aquel momento yo no era un hombre obseso, era un investigador obsesionado. Entré en mi cubículo con la mente puesta en el caso de Arístides Valentín. Eso sí, vi que las cartas no seguían desparramadas por el suelo. Sentí un alivio inenarrable. Una puerta cerrada más, un problema menos. Concentré toda mi mente en el asunto que me preocupada de verdad.

¿Qué relación podría haber entre un descubrimiento neurológico importante y unos asesinatos tan dantescos? ¿Sería mi antiguo compañero de colegio trigo limpio? ¿Cuál era el papel de la doctora Cadman en todo esto? ¿Y el becario, de la misma universidad, del mismo hospital? Repetí en un bisbiseo el pensamiento del padre Brown: *El criminal es el artista creador, mientras que el detective es solo el crítico.* Me encendí un cigarro y saqué de la neverita un tetra brick de zumo de naranja bien frío. La vitamina C activa mis sinapsis neuronales. Arrastré el índice izquierdo, para quitar el polvo, por el marco del grabado de Doré regalo de mi hermana Paz. Luego, mientras soplaba sobre la yema de mi dedo, recapacité y mis pensamientos hicieron justicia a la sensualidad de Rita. Agarré una solitaria bola de espuma roja que se había escondido en uno de los rincones de la habitación y comencé a practicar *falsos depósitos*. Una y otra vez, una y otra vez. Hasta que mi mente arrancó. Motor viejo, ruidoso y contaminante, pero duro, resistente y empecinado. Volví al poco a pensar en el caso con la claridad de la carraca que después de tres o cuatro petardazos y una explosión de humo comienza a caminar.

¿Qué puede hacer que una persona de prestigio se esconda sin avisar a nadie? ¿Por qué no buscaba ayuda policial la doctora Cadman? Solo cabían tres respuestas: I) muerta. II) escondida pero, a su vez, con algo que ocultar, algo que la policía no debe saber. III) secuestrada.

Cualquiera de las tres posibilidades la relacionaba con los cuatro terribles crímenes cometidos. Y, a su vez, salpicaba a Luis Corral. Mis dedos empezaron a tamborilear la mesa ocultando la bola en el interior de la palma. Agarré el teléfono para llamar en un impulso a mi gran amigo Manolo Villegas, comisario principal de Alcalá de Henares. La conversación fue breve pero muy cordial. Manolo y yo habíamos compartido muchas horas de vigilancia nocturna y seguimiento a delincuentes. El tiempo parece detenerse cuando uno se encuentra en un coche aguardando acontecimientos. Uno acaba desnudando su alma al compañero, compartiendo miedos, preguntando salvaciones, escuchando recuerdos. Así forjamos nuestra indisoluble relación Manolo y yo. Juntos, además, resolvimos el famoso crimen de la «Sinfónica» de Madrid. Un caso que nos concedió prestigio en el Cuerpo, fama entre los ciudadanos y una esposa a mi compañero del alma.

La amistad sirve para quitar adornos ceremoniales en las relaciones humanas, así que le pedí a Manolo Villegas que, a la velocidad del antílope, me confirmara si Tamsin Cadman, ciudadana inglesa, catedrática de la Universidad de San Jorge de Madrid y cirujana del Hospital privado del Dragón, había viajado al extranjero en la última semana. También le rogué que me facilitara un extracto con sus movimientos bancarios y una copia de sus registros telefónicos de la última semana. Me aseguró que se pondría manos a la obra. Con un poco de suerte, tocando los hilos correctos con el tacto adecuado, tendría la información a última hora de la tarde. Para entonces yo ya habría allanado la vivienda de la doctora y conseguido alguna prueba, por lo que los datos que Manolo Villegas me proporcionase me serían de enorme utilidad. El hogar de una persona nos lo dice todo de ella. El hogar es nuestro caparazón, lo que guardamos en él es débil y frágil y ante la más mínima pulsión desembucha todo sobre nosotros. Tenía confianza ciega en que mi incursión en la casa de la doctora Cadman me regalaría información útil. Fijaos en vuestra casa, en lo que de ella dicen vuestros amigos, pues así sois y así os ven.

Miré el reloj, cogí un sobre grande para meter toda la documentación del caso de la infidelidad que el día anterior concluyera, encendí el ordenador para imprimir una factura. La metí en el sobre y llamé a Rita por la línea interna. Vino en seguida, cimbrándose. Olía a jazmines, a menta machacada, a huerto recién llovido.

—Toma, cariño, haz que salga este sobre en el correo de la tarde. Estás tan bonita que lo daría todo por desnudarte ahora mismo y recorrerte a besos.

—El jefe está en su despacho, así que no podemos, corazón, ¡aguanta hasta la noche!

—Estoy muy caliente. Cierra la puerta y ven.

—No, cariño. A las nueve te espero en albornoz. ¡Gánate el postre! —contestó toda pizpireta al darme la espalda. Se marchó sabiendo que mis ojos se agarraban a su desnudo como un león al cuello de una gacela. Nalgueaba en una imitación pendular perfecta. Antes de abandonar la habitación se subió la falda para enseñarme sus braguitas.

Me coloqué el tetra brick helado en la entrepierna para que bajara la hinchazón. Inspiré profundamente, tal que si arrancase con suavidad un vegetal de la tierra. Eran las doce y media. Buena hora para llamar a Francisco Bargizas. Lo invitaría a comer y luego iríamos juntos a la calle Beso Lento número 1, segundo derecha.

Francisco Bargizas, alias *Funcionario*, era el mejor caco cerrajero de todo Madrid. Trabajaba en el Ministerio de Economía en un diminuto despacho de competencias inciertas. Corría el rumor de que se dedicaba a revisar la ortografía de las publicaciones del Ministerio. Tenía una obsesión: las corbatas. Su colección frisaba con facilidad los quince mil ejemplares. Las compraba y las robaba a diestro y siniestro. Su casa, un piso grande en la zona de Aluche, tenía las paredes y los techos cubiertos con corbatas. Las veces que me ha invitado, aún sigue haciéndolo, a tomar unos whiskys en su salón he sentido pavor y miedo ante los ecos deformados de una mente obsesiva. Es, sin embargo, de trato agradable, cultura labrada a base de certeras lecturas y discreto vestir. Como todos los locos peligrosos, su perturbación mental lo mimetiza en un mundo de vulgaridades. Gusta de tomar el aperitivo en lugares de moda, en locales de alto *standing*. Durante sus cervecitas observa las corbatas de los ejecutivos, políticos y empresarios. Si alguna le llama especialmente la atención sigue a su portador, averigua dónde vive y no duda en entrar en su vivienda para hacerse con el preciado objeto. El padre de Francisco había sido cerrajero de profesión y le había enseñado a su hijo hasta el último de los secretos del último resorte de una puerta. Con la hoja de una radiografía y un juego de ganzúas maestras Francisco Bargizas podía escapar del mismísimo infierno y entrar en el más inexpugnable de los paraísos. Solía decirme: *Para mí una puerta cerrada no es más que el parpadeo de la intimidad ajena.*

Nuestra relación se remontaba a unos veinte años atrás. Por entonces yo era un aguerrido subinspector y varias denuncias por el robo de corbatas en una convención de directores bancarios en un céntrico hotel madrileño me pusieron tras él. Tardé un tiempo, pero al final lo atrapé. Francisco es un tipo simpático, con clase, así que no le costó mucho camelarme. No era un peligro social, nunca haría daño a nadie y jamás robaba a los pobres porque tenían mal gusto. Llegamos a un trato, yo no le ponía las esposas y, a cambio, él me regalaba las corbatas que yo quisiera. Acepté con una pragmática sonrisa. Sin embargo, el muy jodido entraba por la noche en mi casa para llevarse las corbatas que me había entregado por la tarde. Así que renegociamos un nuevo acuerdo bilateral. Mensualmente me prestaría diez corbatas y yo se las devolvería pasados treinta días. Si él osaba profanar mi casa en dicha horquilla de tiempo, yo solicitaría una orden judicial para registrar su domicilio. Así llevábamos, pues eso, unos veinte años de tiras y aflojas. A Francisco le perdía el cordero, por lo que le invitaría al restaurante *Los Arcos,* en la calle Ponzano, y le ofrecería un homenaje segoviano a cambio de una ayudita.

No me costó mucho, por no decir nada, convencerlo. Nos caíamos bien, ¡qué demonios! Yo ya no era policía y él nunca fue *stricto sensu* un delincuente. Eran más las cosas que nos unían que las que nos separaban. La única precaución que tomé fue la de quitarme la corbata. Al salir del despacho se la entregué ovillada a Rita. Le dejé a la secretaria, además, el dinero para que pagara la foto del pijo banquero que recibiría aquella misma tarde.

A las dos menos cuarto, pues, le esperaba en la barra del pequeño bar que antecede al salón comedor de *Los Arcos*. Me pedí un vino blanco frío, casi con escarcha. Las paredes rebosaban fotografías taurinas. En mi época universitaria fui el alumno 514 de la Escuela Taurina de Madrid. Mi maestro, el matador Luis Miguel Encabo, solía decirme con sorna que me faltaban arte, valor y técnica. Llegué a torear en la plaza de Valdepeñas ante cinco mil personas. Hice un ridículo espantoso, el público se ensañó conmigo. Recuerdo con poderosísima fuerza que tuve que salir al centro del ruedo para recoger mi montera una vez me habían devuelto vivo el novillo a los corrales. ¡Un auténtico deshonor! Aquellos veinticinco metros, ida y vuelta, sin agachar la cabeza, sepultado por una marabunta de pitidos, me enseñaron más que cientos de kilómetros académicos.

Hay dos tipos de defensores de los animales: los «ingenuos» y los «resabiados». Los primeros están cargados de buenas intenciones, embriagados por la emotividad, y sus opiniones valen tanto como las mías, sin lugar a dudas. La confrontación de ideas enriquece a ambas partes y en no pocas ocasiones han contribuido a mejorar la sociedad. Su sensibilidad especial, son gente de una hermosa alma, para con el medio ambiente fortalece nuestro ecosistema. He aprendido mucho de ellos, de su ternura, de su aliento pacífico, de su inocencia necesaria.

Sin embargo, nunca he entendido a los animalistas radicales. Suelen ser personas sin Amor (con o sin pareja pero sin felicidad diaria), o gentes con un ego desmesurado que piensan que el mundo no ha hecho justicia a su inteligencia y valía. Alguien que rechaza visceralmente la fiesta de los toros y no comprende que se trata de un sacramento fascinante de la propia existencia vive ajeno a las reglas inmutables de la naturaleza. Quien no asume que la Vida, en su sentido más ecológico y amplio, es lucha y muerte, y que el ser humano no puede ni debe vivir ajeno a este imperativo, parte de una premisa errónea y peligrosa. Cuando me he visto impelido a un debate, siempre amargo y de poca categoría, con antitaurinos, he acabado aseverando lo mismo. Como aquella ocasión en la que tuve una avinagrada discusión con un artista catalán de renombre (no tan deslumbrante como él desearía, pues era una estrella que necesitaba de mucha oscuridad para ser vista). Le dije ya agotado, pues hablar con él era golpearme con una piedra: si tú sostienes que los toros son un crimen y una tortura estás aseverando que yo soy un criminal y un torturador. Y eso es una acusación excesiva, porque, aunque tengo mis defectillos, no soy un mal tipo y no me agrada el sufrimiento de ningún ser vivo, créeme. Mi profesión consiste en atrapar asesinos, sé cómo piensan, sé cómo actúan, y yo no soy como ellos. He detenido a maltratadores y he escuchado cómo amedrentan y amenazan a sus mujeres e hijos. No me llames maltratador, es un insulto hacia mí que, aun viniendo de una boca maldita como la tuya, duele. Respeto que no te gusten los toros, ¡faltaría más! Y lo respeto muchísimo. Pero es tanto el odio que sientes por mí que acabarías matándome, lo sé, tu respiración me lo confirma. Puedo ver tus intenciones invisibles en tu lenguaje no verbal y disfrutarías golpeándome. Te alegras cuando un torero resulta herido, disfrutas con su dolor, con su muerte. Preferir la vida de un animal a la del hombre, aunque este sea un monstruo, te define. Rebajas al ser humano, lo condenas a tu credo de mentiras. Un credo que utilizas para encontrar un sentido a tu vida vacía, un credo que usas para dominar a mentes blandas. Incapaz de comprenderme acudes al insulto y al desprecio (que enmascara tu frustración personal). Tu corazón destila rencor y prepotencia moral. Eres un claro ejemplo de totalitarismo aberrante, de imperialismo intransigente. Fueron los nazis los que crearon la primera ley animalista. Lamento que la vida te haya derrotado, fíjate y aprende de los toros bravos. Ellos no se rinden ni se inventan dogmas contrarios al universo. Luchan hasta el final y lo hacen con nobleza. Puede ser que yo ande equivocado, acepto un margen de error en mi planteamiento. Sin embargo, lo que sí aseguro es que tú no estás en lo cierto, porque yo puedo vivir contigo, en mi concepto de sociedad hay espacio para los dos, pero tú me eliminarías de un disparo en la nuca mientras acaricias a un gatito ronroneante, al que antes habrías vestido con un jersey rosa de *petit point*...

Había bajado tan profundo al pozo de mis pensamientos (el vino blanco me invita a la meditación) que no me enteré de la llegada de Francisco Bargizas.

Se pidió una cerveza y agarró tres aceitunas. Chasqueó los dedos frente a mi nariz y regresé con una sonrisa al mundo. Nos olimos el culo como perros unos minutos. Me pidió un truco de magia y yo le hice una rutina de manos limpias con una moneda que me prestó. Le gustó. Me encanta la gente que goza asombrándose con la huracanada inocencia del niño y no compitiendo en aras a una racionalidad que en sus vidas ordinarias no practican. Cuando tomamos asiento en el comedor le expuse lo que quería de él. Aceptó encantado, por lo que el almuerzo discurrió hablando de nudos de corbata y marcas. Simple para las Marinella, doble para las Drake's, Windsor para las Turnbull & Asser y pequeño para las Charvet. Aguanté estoico el chaparrón. Merecía la pena soportar la neurosis de Francisco a cambio de que me abriera la puerta de la casa de la doctora Cadman.

Llegamos a la calle Beso Lento número 1 a las cuatro de la tarde. Bajamos del taxi y nos echamos un cigarro antes de entrar en el portal, que no sé yo si estaba abierto ya o si las suaves manos de Francisco hicieron que el pestillo de su portalón se escondiera en un evangélico milagro. Miré el buzón de la profesora Cadman. Acto seguido y con un chasqueo de dedos mi amigo me entregó todas las cartas (no eran muchas) que reposaban en su interior. Las guardé en el bolsillo exterior de la chaqueta. Subimos en ascensor. Dos viviendas por planta, aquello denotaba casas grandes. Gente pudiente. El rellano del segundo estaba recubierto en madera. Nuestros pasos crujieron. Una lámpara modernista, con la tulipa vidriada, iluminaba primaveralmente el espacio común. Un par de cuadros con escenas de representaciones teatrales adornaban la pared. El hogar de la izquierda tenía una alfombrilla gruesa, de pelo duro. Su puerta era antigua, recia, con sagrado corazón sobre una mirilla que parecía una peseta. La puerta de la doctora Cadman, por el contrario, era moderna, de acero, con una mirilla que recordaba al ojo de un cefalópodo, y una alfombrilla fina y de estética persa.

Francisco sacó una especie de buril de la chaqueta y se acuclilló para comenzar su trabajo. Justo entonces la puerta de la izquierda se abrió unos centímetros, tras ella apareció el perfil de una vieja repintada, de rostro cartilaginoso, con pelo cardado de un gris fosforescente y vestida para ir a misa. Su apariencia resultaba antipática, reaccionaria, y su olor no era otro que el de la putrefacción disimulada con Chanel. La cadena del cerrojo gimió con sequedad al llegar a su máximo.

—¿Quiénes son ustedes y qué hacen aquí? —bufó en un tono irritante de señorona de derechas, como un mosquito con *vibrato*, con edad de esquela, acostumbrada a concluir todas su frases con un «como Dios manda».

—A su servicio, señora. Soy el comisario Vértebra y este es el funcionario técnico Francisco —contesté mientras le sacaba mi placa de detective privado. Iba a seguir improvisando cuando ella me interrumpió.

—Funcionan fatal, cuando mi marido vivía esto no era así. Soy la viuda de Jaboco de Aristagán, para que lo sepan. Primero los llamo y tardan cuatro horas en venir y luego vienen dos veces seguidas en menos de una hora. ¡Qué incompetencia! ¡Organícense mejor, que yo pago mis impuestos!

—Lo lamento, señora —contesté al bajar la cabeza en un esfuerzo hercúleo por no soltarle una bofetada a esa vieja hitleriana. Sus piernas eran sarmentosas, de bruja, seguro que las tenía comidas a varices. Su dentadura postiza bailaba en un colchón asqueroso de saliva—. Hemos tenido un problema con la asignación de servicios. Sé que han venido unos compañeros antes, pero han perdido el acta de la denuncia y nos han pedido que pasáramos otra vez por su casa para hacer uno nuevo, abusando de su amabilidad —saqué una pluma de mi bolsillo y una de las cartas de la doctora Cadman para tomar nota—. A ver dígame, señora, motivo de la llamada a la policía.

—Esta mañana descubrí a un ladrón intentando entrar en casa de la doctora Cadman. Le llamé la atención, pero me contestó que si no cerraba mi puerta me daría una paliza. Era un tipo enorme. Por eso llamé a la policía, pero ustedes tardaron horas en venir. ¡He pasado mucho miedo, aquí sola, una anciana indefensa, con un criminal al otro lado! Al rato me armé de valor y miré por la mirilla y el señor ya había desaparecido. Estuve con el ojo pegado apuntando al descansillo más de una hora y nada. El ladrón se había marchado, quizá le asusté. Luego aparecieron sus compañeros, ellos vestían de uniforme, vieron que la puerta de la doctora Cadman no había sido forzada, tocaron el timbre cinco veces y, como nadie contestara, poco más. Se fueron al minuto después de tomarme los datos, ¡vaya policía, vaya atención al ciudadano!

—¿Ha visto últimamente a la doctora Cadman? —pregunté ignorando las voces de mi instinto que me compelían a estrangularla ahí mismo.

—No, la verdad es que hace días que no coincido con ella. Aunque nuestros horarios son muy distintos. Pasa mucho tiempo en el hospital. Eso sí, hace unos días me crucé con esa amiga suya que es una actriz muy famosa, no recuerdo cómo se llama, saliendo de su casa con una maleta.

—Muchas gracias por todo, señora. Firme aquí —le acerqué el reverso del sobre bancario donde yo había tomado notas—. El funcionario técnico Francisco va a proceder a abrir la puerta de la doctora Cadman tal y como nos autoriza esta orden judicial sellada hasta ahora —saqué otra de las cartas, la abrí y sacudí con firmeza lo que parecía una factura del Corte Inglés—. Su firma corrobora la legalidad del acto. Parece ser, señora…

—Aristagán, viuda de Jacobo Aristagán.

—Señora Aristagán, perdone. Parece ser que el ladrón entró en casa de la doctora Cadman y salió por la ventana. Hemos de comprobar que todo está en orden.

—¿Y cómo van a saber ustedes que no falta nada? —preguntó ella con lengua viperina al tiempo que alzaba una ceja postiza.

—Porque vamos a ponernos en contacto vía internet con la doctora Cadman —interrumpió Francisco al sacar su teléfono móvil de última generación—. Tecnología de vanguardia, señora. Ella está en el hospital operando y no puede acercarse hasta aquí. Este teléfono se convierte en cámara, le mandaremos imágenes de su casa al ordenador del hospital y ella nos dirá si todo está en orden. Ahora regrese a su casa o salga a la calle y no interrumpa el trabajo de los profesionales.

—Es usted un grosero. Voy a poner una queja contra usted.

—¡Pues empiece a escribir, vieja pelleja! —le contestó Francisco al incorporarse. La puerta se abrió al instante—. Comisario, aquí le dejo. He cumplido con lo pactado. Debo marchar a realizar otros menesteres. Hasta la próxima.

—Adiós, funcionario técnico. Es usted un impertinente —me despedí de él con un guiño—. Señora, el comportamiento de mi compañero no tiene perdón, no haga usted nada, déjemelo a mí, esta misma tarde un agente de la escala básica le traerá copia del informe que pienso hacerle por mal educado. Necesitaré de nuevo su rúbrica para que lo expedienten.

—Es usted un caballero. Tratarme a mí así, ¿en qué mundo vivimos?

—Muchas gracias, ahora vuelva a sus cosas y perdone nuestra descoordinación —dije al sonreírla con náusea en una última mirada antes de entrar en la casa de la doctora Cadman. Cerré la puerta despacio. Me quedé a oscuras hasta escuchar cómo la señora Aristagán se retiraba a su madriguera.

Encendí un cigarro y a tientas, ayudado por la brasa del pitillo, encontré el interruptor de la luz. Me hallaba al inicio de un largo pasillo. El suelo estaba enmoquetado en color vino tinto. Junto a la puerta había un pequeño recibidor con una lamparita tiffany. Un retrato de la doctora Cadman y su hija en la cima de una montaña nevada presidía el mueble. Las dos eran muy parecidas, hermosamente iguales en diferentes etapas de la vida. Pelirrojas, de impronunciables ojos azules, con brazos pecosos y muy sonrientes. Madre e hija unidas, conectadas, cómplices y felices. ¿Cómo habría muerto el padre?, me pregunté antes de avanzar hacia el interior. No había foto suya en la entrada…

El pasillo tenía grandes y antiguas láminas de anatomía colgadas a los lados. Me recordaron a los dibujos de Leonardo da Vinci. Para la doctora Cadman su trabajo desbordaba lo laboral, resultaba una pasión. Se sentía una privilegiada, aunque parecía claro que le había costado mucho esfuerzo llegar hasta allí y necesitaba recordarlo. La primera habitación era un cuarto de baño auxiliar, eso sí, sobre el lavamanos reposaban un cepillo de pelo y unas pinturas que indicaban que la doctora se arreglaba una ultimísima vez antes de abandonar el hogar. Inteligencia y belleza juntas, esfuerzo y deseo, responsabilidad y sueños. La cocina estaba a pocos pasos, casi enfrente del baño. Era amplia, blanca y azul, con un gran ventanal de cristal granulado que daba al patio interior. Cada azulejo mostraba el dibujo de una hoja, cada azulejo una distinta. En la parte inferior se podía leer el nombre del árbol al que pertenecía. Me resultó preciosa tal decoración; si yo tuviera buen gusto, la pondría en mi cocina. Junto a la vitrocerámica reposaba un *kettle*. A su lado un armarito de estilo colonial contenía una variedad sibarita de tés. Me llamaron la atención unos sobrecitos rojos con letras chinas. Cogí el abierto, lo acerqué a mi nariz y lo olí. Se trataba de un té de jazmín, debía estar riquísimo. Agarré uno de los cerrados y me lo metí en el bolsillo, ¡qué demonios!

Regresé al pasillo. La siguiente habitación era un despacho todo recubierto de librerías con manuales clínicos. La doctora tenía un ordenador de pantalla grande. Una foto de ella con sus padres se asomaba detrás de un montón de papeles. Otro pequeño marco contenía el juramento del hombre de ciencia de Sinclair Lewis: *¡Oh, Dios, dame una visión sin nubes y líbrame de las prisas. Dame el valor de oponerme a toda vanidad y de proseguir, lo mejor que pueda y hasta el final, cada una de mis tareas. Dame la voluntad de no aceptar nunca reposo ni homenaje antes de haber podido comprobar que mis resultados corresponden a mis cálculos o de haber podido descubrir y enmendar mis errores.*

Sobre la mesa, desperdigadas, pude ver radiografías de cráneos. Uno de los estantes hizo que, de súbito, me diera un vuelco el corazón. En él pude observar cinco frascos llenos de formol con cerebros dentro. Cerebros de distinto tamaño. Al acercarme, observé aliviado que no podían ser humanos. Se trataba del cerebro, así lo ponía la etiqueta de cada frasco, de un gato llamado Bono, un perro llamado Nerona, un canario llamado Terry, una gallina llamada Hermiona y un mono llamado Hovik. ¿Antiguas mascotas de la doctora?, me pregunté y sonreí.

Fue entonces cuando descubrí que en el suelo había gotitas de sangre, aquel hallazgo revolucionó mi respiración. ¿Cómo no me había percatado antes? Volví sobre mis pasos a toda prisa, sí, allí estaban, desde la entrada hasta (las seguí como si fueran miguitas de pan) el dormitorio principal de la doctora. No levanté la cabeza del suelo. Parecía un sabueso con el hocico pegado a la tierra siguiendo una pista. Y esa pista acababa en un enorme armario empotrado. ¡Dios mío!, ¿me encontraría con el cadáver de Tamsin Cadman tras esas puertas? Sentí pena, mucha lástima. Aquella mujer parecía buena persona, trabajadora. Su casa no resultaba ni extraña ni siniestra. Era un bonito hogar. Miré mi reflejo en el espejo de las puertas, la verdad es que yo era un tipo atractivo. Mi cuerpo se había acostumbrado al maltrato físico y mi belleza florecía como un pequeño pensamiento entre las grietas del asfalto. Abrí el armario conteniendo la respiración. Por increíble que parezca todavía no me he acostumbrado a la muerte de los inocentes. Ver el cadáver de alguien a quien le han arrebatado un futuro lleno de posibilidades me irrita hasta la lágrima y el whisky. Sin embargo, allí no estaba la doctora Cadman sino Flambeau con su nariz cubierta por una venda empapada en su sangre. Me sonrió de oreja a oreja y me asestó un martillazo en toda la cabeza que me transportó al reino de Morfeo en el acto.

Capítulo VII

Para la sombra la luz
es igual que la sombra
para la luz...

ME despertó un portazo. Tenía un horrible dolor de cabeza, parecía que un clavo al rojo vivo llagara en pulsaciones intermitentes el centro de mi frente. Mis párpados eran legajillos de carne. Abrí los ojos muy despacio, me pesaban y quemaban. La sensación era la de tenerlos hinchados hasta la deformidad, poblados de arena de playa. Me encontraba acostado boca arriba sobre una mesa metálica. Hacía calor. Sentí frío. Continuaba vestido. Alguien había abandonado sobre mis piernas una bata verde. Enseguida me di cuenta de que me habían drogado, pues la realidad llegaba a mí deformada, en vaivenes, a través de colores violáceos. Veía el mundo como quien mira a la superficie desde debajo del agua. La boca y la nariz guardaban un sabor dulzaino urente, así que supuse me habían obligado a inhalar cloroformo. Un ruido de taladro constante y agudo inundaba la habitación con parsimonia. Tras él podía oírse en una grabación cantar a Louis Armstrong y a Ella Fitzgerald. Respiré hondo, buscando oxígeno con la vocación del sediento. Tenía ganas de vomitar, mi estómago centrifugaba. El ruido, de intenso, deploraba. Notaba la sangre reseca que había caído a chorros por mi cara. Sería un milagro no tener rota la cabeza por el martillazo, ¡hijo de la mismísima puta de Babilonia ese Flambeau! Más ruido mecánico. Giré la cabeza hacia su origen, hacia la derecha, y pude reconocer a unos cinco metros a Flambeau tumbado en otra mesa gemela a la mía. Del corazón le salía un punzón. Le habían rapado la cabeza y separado la carne del cráneo como quien desgarra con las manos el muslo de un pollo.

Un individuo enfundado en una bata verde, con el rostro oculto tras una máscara de protección *full face* tintada y con gorro de quirófano le abría el cráneo con meticulosidad y dedicación. Pensé rápido. Me hallaba en una situación jodida, jodidísima. Sin lugar a dudas iban a sacarme los sesos después que al pobre Flambeau. La vista se me desenfocaba igual que en una borrachera de anisete, por lo que tiré de experiencia. Lo primero que hice fue no moverme y convocar en el pecho toda la calma de mi espíritu. El asesino trabajaba en su atrocidad ensimismado, curvando su espalda sobre la cabeza del gigantón, confiado en los efectos de la droga que me había metido. No pude distinguir nada en su persona que lo identificara. Eso sí, supe que se trataba de un hombre, sin lugar a dudas, por su complexión, por sus pantalones de pinza, por sus zapatos acharolados y por la ausencia de pecho. Busqué la puerta, no la veía. No debía moverme, había que pasar absolutamente desapercibido, en ello me iba la vida. Deduje que la salida estaría en la dirección de mi coronilla. Tensé los músculos de mi pierna izquierda. ¡Sí, sí, sí, gran suerte!, ¡Dios bendito! Tenía una oportunidad. Todavía llevaba mi

Glock 36. Me apiadé del difunto Flambeau, ¡qué torpe al no registrarme a conciencia, era un auténtico imbécil arracimado de músculos! Seguro que me arrastró hasta allí desde casa de la doctora Cadman y justo después, en vez de premio, recibió la recompensa de la muerte. La puñalada le debió pillar por sorpresa, igual que a Arístides Valentín.

Siguiente paso: ejercitar en continuadas contracciones los músculos del cuerpo. Sin recobrar la movilidad sería una marioneta incapaz de coordinar movimiento alguno y necesitaba correr, escapar de allí como fuera. Me costaba respirar, el cloroformo todavía galopaba por mi sistema nervioso, los ojos me lloraban de acidez, el mareo me provocaba arcadas internas. No podía perder un segundo averiguando quién era el asesino, intentar enfrentarme a él se me antojó un suicidio. Estaba al treinta por ciento de mi cuarenta por ciento. Mi única oportunidad era salir de aquella habitación y huir a la velocidad del antílope. Huir hasta agarrarme a la caridad de alguien que me protegiera o me llevara a la policía o a un hospital.

De pronto el ruido cesó y la trompeta de Armstrong tomó la habitación. Volví a mirar con cuidado, girando la cabeza hacia la derecha y abriendo los ojos tan solo una línea de lapicero. El asesino apartaba en ese momento el hueso craneal de Flambeau de su cabeza. La máscara de protección *full face* tintada se volvió hacia mí, parecía el ojo inmenso de un insecto. Pude verme reflejado. Cerré los ojos. Escuché unos pasos. Me preparé para incorporarme en cuanto sintiera el aliento de aquel monstruo. Una gota de sudor se escapó de mi sien y rodó barba abajo hasta deshacerse en el cuello. Tragué saliva. Ahora Fitzgerald cantaba con voz de algodón. Los pasos cesaron. Volví a entornar los ojos. El asesino había ido a depositar el hueso craneal cortado en perfecto semicírculo sobre una mesa y ahora seleccionaba unos botones de lo que supuse sería un electrobisturí. Con gesto de director de orquesta desenredó el cable y regresó a la cabeza de Flambeau. Así comenzó la extirpación del cerebro. Junto al casco craneal pude ver otra máscara y dos tarros grandes de cristal rebosantes de formol. Allí iba a depositar nuestros sesos. Pasaron los minutos. El trabajo resultaba metódico, concienzudo, sin atajos. Con una especie de pala el hombre rebañó los laterales interiores del cráneo, quizá estuviera desgajando los sesos de la médula oblongada, ¡yo qué sé! Luego usó unas tijeras para cortar los nervios ópticos que unían los ojos al cerebro. Sonaba *under a blanket of blue*, pude reconocer cómo el misterioso cirujano silbaba vitalmente. Disfrutaba de su abominación, ¿qué secretos guardarían los sesos de un mastuerzo como Flambeau para suscitar tanta alegría? Metió sus manos en cuenco en la cabeza de Flambeau y extrajo el cerebro de la cavidad craneal. Con cuidado lo introdujo en uno de los tarros. El líquido conservante rebosó. Lo cerró con rosca. Entonces sonó una alarma. La máscara volvió a fijarse en mí. En esta ocasión no cerré los ojos. Pude ver cómo el criminal se dirigía a un extremo de la mesa. Se puso unos guantes, cogió un pellizco de gasas y volcó en ellas un bote. Luego vino directamente hacia mí. Estaba claro, iba a hacerme inhalar otra dosis de cloroformo. Esperé, esperé, esperé hasta tenerlo justo en el borde derecho de la mesa metálica. Y justo en el instante en el que comenzaba el viaje de su mano hacia mi nariz concentré toda la fuerza de mi cuerpo en el puño izquierdo e, incorporándome con una convulsión, le propiné un puñetazo en la boca del estómago. El hombre se combó y retrocedió unos pasos, pero las gasas impactaron en mi rostro. Sentí los vapores del maldito cloroformo penetrando mis fosas nasales. Salté de la mesa en un acto impulsivo de supervivencia. Casi perdí el equilibrio al arrearle una patada en los testículos a mi enemigo. Aquella fue la patada más fuerte y salvaje que haya dado en toda mi vida. Cayó hacia atrás sobre la mesa de Flambeau. El brazo inerme del gigantón se agitó sobre él. ¡Ese era mi momento! Con fortuna llegué a la puerta, la llave estaba echada por dentro. La abrí con histeria, luego saqué la llave y cuando cerré la puerta conmigo fuera volví a echar el pestillo. Arrojé lejos el llavero. El pulso me temblaba igual que un aleteo de polilla. Vomité, los ojos se me incendiaron. ¡Qué dolor, qué malestar! No podía distinguir apenas nada. ¡La cabeza iba a estallarme! Corrí a través de un largo pasillo. Me guiaba una luz azulada que titilaba justo al final de lo que para mí era un oscuro túnel. Me pegué a la pared imitando la precaución de los artrópodos. Tropecé varias veces con extintores y bancos. Llegué a una estancia abierta, de paredes exteriores acristaladas, muy luminosa. Fuera amanecía. A la izquierda había un gran mostrador, como de recepción. Hallé una salida de emergencia. La abrí de una patada. No pude contener un nuevo vómito. Mis intestinos se descomponían en diarrea. La alarma se activó y una estridencia a campo de concentración atronó el ambiente. Continué corriendo. Frente a mí había una gran extensión de césped. Corrí, corrí, corrí como alma que persigue el diablo. Después de coronar una pequeña loma descubrí un camino que se perdía entre sabinas y cornejos. Bajé y lo seguí. Jadeaba de miedo. El flato me apuñalaba el costado. El corazón lo tenía atrapado en la garganta. La saliva me sabía a nicotina y a bilis.

No me encontraba mejor con el aire fresco, el cloroformo se agarraba a mi cuerpo como una garrapata. Iba a desmoronarme en cualquier momento. Necesitaba, sin embargo, seguir adelante sin detenerme. Los ojos me escocían. Continué por el camino literalmente paso a paso. No veía más allá de un palmo de narices. La luz era ácido. Entonces comencé a escuchar el zumbido inconfundible de una carretera. Me acerqué a ella dando tumbos, hasta golpearme repetidas veces contra una valla metálica. Intenté escalarla pero mis pies resbalaban. Sacudí la verja sin resultado alguno. Los coches pasaban a unos metros de mí. Vomité de nuevo. Me sentí una hormiga atrapada por las sedas de una araña. Desde que comenzara a huir no había mirado hacia atrás. Eché mano al tobillo y noté el bulto de la pistola. La patada en los huevos debería haber inmovilizado por un buen rato al asesino. Caí de rodillas. Cerré los puños con rabia para llevarme a la palma contraída un manojo de hierba. Olí mis dedos. No debía rendirme, así que gateé siguiendo la valla hasta que di con un pequeño túnel de desagüe que cruzaba por debajo de la carretera. En realidad era una tubería de cemento de no más de dos metros de diámetro que canalizaba las sobras de la lluvia. Suficiente. Al otro lado me esperaba una gasolinera. Con mucho esfuerzo logré caminar, parecía un zombi. La fuerza de la gravedad jugaba conmigo zarandeándome. Recuerdo el sonido de la campanilla al entrar en la tienda. Lo que ya no recuerdo es cómo me desmoroné frente al empleado. Luego, diversos sonidos, sirenas, puertas, gritos, demasiadas manos tocándome y nada más. Un vacío blanco y silencioso, un acantilado de paz reparadora. Nada hasta que abrí los ojos de nuevo.

—Buenos días, señor Vértebra —me saludó una voz femenina.

—Buenos días, ¿dónde estoy? —respondí con levedad al incorporarme en una cama mecánica. Pude reconocer que la dueña de aquellas palabras era una preciosa enfermera treintañera, morena, curvilínea y alta. Me encontraba en la habitación de un hospital. Respiré aliviado.

—Está en la clínica La Milagrosa. Ha pasado la noche aquí. ¿Se acuerda usted de algo?

—Recuerdo que el mundo es una oportunidad desaprovechada, recuerdo que las estrellas que vemos ya no existen, recuerdo que el dolor es hijo de los errores.

—¡Vaya, es usted un poeta!

—Solo soy un admirador tuyo. Me llamo…

—Milton Vértebra —interrumpió el inspector Carlos Rodríguez de Ávila al irrumpir en la habitación—. Señorita, ¡este hombre es muy peligroso! Los dos policías que vigilan su puerta no son de adorno. Le sugiero que no cruce una palabra con él. La última mujer que lo hizo todavía anda herida de desamor. Vaga por las callejas de Madrid bajo los rayos lechosos de la luna llena.

—Ja, ja, ja, como a este me los he comido yo con patatas a decenas —carcajeó ella mientras revisaba mi catéter. Olía a frambuesa. Sus glúteos eran hermosos como mapamundis.

—Carlos, ¡te quiero!, me alegro tanto de verte —exclamé al extender mi brazo derecho hacia el inspector—. Por un momento me creí muerto y que esta maravillosa mujer era una hurí. Por cierto, ¿qué tres banderas son prácticamente iguales si a una de ellas le quitamos unas estrellas y a otra un escudo?

—No creo que usted haya hecho méritos para merecer tan alta recompensa —interrumpió con simpática maldad la enfermera.

—Hace unos segundos que nos conocemos, dame algo de tiempo y desearás recibirme en tu cielo o, al menos, en el purgatorio de tus besos —contesté.

—Colombia, Ecuador y Venezuela, aunque la franja amarilla de Venezuela es menor. Algo me tendrás que contar, ¿no? —interrumpió el comisario al invitar a la enfermera con gesto amable a que desalojara la habitación. Ella no opuso resistencia. Se despidió con un «Hasta luego, Milton».

—Para empezar ya no hace falta que busquemos a Flambeau. Bueno, lo que tenemos que buscar es su cadáver —comencé a narrar—. ¿Tienes un cigarro?

—Milton, cojones, estamos en un hospital.

—Pues si me pasara algo, ¿qué mejor sitio para que me atiendan de una insuficiencia respiratoria? Anda, abre el armario y mira si han guardado mi ropa ahí. El tabaco lo tengo en el bolsillo exterior izquierdo de la chaqueta. Una mala costumbre, lo sé. Abre la ventana y ayúdame a salir de esta cama. ¿Sabes a qué edad empecé a fumar?

—No y me da igual.

—Empecé a fumar a los tres años. Tuvo la culpa un amigo, muy cabrón, de mi padre. Solía venir a casa los fines de semana y aprovechaba cualquier oportunidad para enchufarme su cigarrillo. Me hice adicto enseguida. La primera hostia que me dio mi padre fue a los cuatro años cuando me pilló robándole tabaco para fumar en el baño. Desde ese momento él se sintió defraudado por mí y yo le temí como a una vara verde. Pero seguí fumando. Hasta ahora.

—Milton, tu vida es un sainete. Nos van a llamar la atención. Somos mayorcitos para que nos sonrojen. No podemos ir por la vida haciendo lo que nos da la gana.

—Carlos, diles a los dos agentes de la puerta que no dejen entrar a nadie y ya está. Necesito relajarme para contártelo todo. Si yo hiciera lo que me da la gana, no llevaría puesto ahora este batín de película futurista de serie B. Soy un egoísta frustrado, ¡me vacío en los demás!

—Querrás también un whisky, ¿no, señorito?

—Hombre, eso sería fantástico, pero prefiero tomármelo fuera. No voy a volver a esta cama, los hospitales me producen alergia. Cuando era niño me operaron de una apendicitis con peritonitis y pus y pasé tres meses en un hospital de Almería. Aquello fue horrible. Me internaron en la planta infantil y todavía me estremezco con el recuerdo de ciertas mañanas en las que la cama de algún amigo amanecía vacía. En cuanto le saque una cita a la enfermera me largo a casa. Ahora, escúchame atentamente. Esto es todo lo que sé.

»Luis Corral, mi cliente, es neurocirujano de prestigio, decano de la facultad de Medicina de la Universidad de San Jorge y cirujano titular del Hospital del Dragón. Me pidió ayuda hace dos días para protegerlo de alguien desconocido que lo amenaza. Parece ser que ha descubierto algo de mucha importancia, él está ensoberbecido, y asegura que quieren robarle la idea. Va a hacer público su hallazgo dentro de unos días en un simposio internacional que se celebra, ya es tradición, en la Universidad de San Jorge. Siempre según Luis Corral, su cuñado fue asesinado en lo que pareció un accidente de tráfico hace semanas por no ceder ante las amenazas de su intimidador. Yo pediría el informe de dicho accidente a la Guardia Civil, pues no me lo creo. Sigo con la historia. Luis Corral tiene una ayudante, la doctora Cadman, que ha desaparecido. Mi cliente quiere encontrarla a toda costa porque, estoy convencido, ella guarda o retiene información muy valiosa de su investigación. La noche en la que Luis Corral me contaba todo esto irrumpió en el restaurante Flambeau para amenazarnos. Yo le contuve sin problemas. Flambeau no me pareció peligroso.

—¿Por qué Luis Corral no acudió a la policía desde un principio? —preguntó Carlos sin mirarme en un mohín de desagrado.

—¡Primera mancha en la solapa para Luis Corral! Ayer, después de comer, hice una visita a la casa de la doctora Cadman y allí me esperaba Flambeau, hermano de la amante de Arístides Valentín, última víctima, penúltima en realidad, de tu asesino en serie. Me arreó este martillazo —dije al llevarme la mano a la cabeza y notar la tirantez de unos puntos en mi frente—. Luego desperté en una especie de quirófano donde, en una camilla junto a la mía, nuestro asesino, al que no pude reconocer, pero te aseguro que era hombre, le estaba sacando los sesos a Flambeau. Yo iba a ser el siguiente. Casi me cago encima de miedo.

—Te has cagado, te has cagado, amigo. Has llegado al hospital cubierto de diarrea —susurró Carlos con rostro de niño travieso.

—Eso ha sido por el cloroformo, capullo ignorante. Se dilatan los esfínteres a causa de la droga. He escapado de milagro y estoy en La Milagrosa, ¡paradojas! La doctora Cadman es la clave. Aunque tenemos también al becario de Luis Corral, que parece que pasa de puntillas por nuestro escenario, pero podría ser perfectamente el asesino, se llama Eduardo Calvo. Ese Flambeau era un zopenco, por lo que quien le haya contratado no es un profesional del latrocinio. No me imagino a una gran corporación farmacéutica haciéndose con los servicios de ese inútil. Todo tiene la pinta de una guerra de médicos, de *primus inter pares*. ¿Dónde me encontrasteis?

—En una gasolinera junto al campus de la facultad de Medicina de San Jorge —contestó el inspector al tiempo que escribía en su libreta.

—¿Has buscado el nexo entre Arístides Valentín y Luis Corral?

—Sí, y te gustará saber que tenías razón. Algo había en común —levantó los ojos—. Hace año y pico Arístides Valentín fue operado de un tumor cerebral en el Hospital del Dragón. La operación, parece ser, resultó un hito, pues se trataba de algo complicadísimo. El cirujano principal fue...

—¡Luis Corral! —exclamé llenando de humo mi rostro en una última calada.

—Luis Corral opera a Arístides Valentín del cerebro. Arístides Valentín tiene un gimnasio donde trabaja Flambeau. Arístides Valentín es asesinado en su gimnasio. A Flambeau lo finiquitan en la Universidad de San Jorge. Sus cerebros son un tesoro para nuestro asesino. Luis Corral es neurocirujano y para él un cerebro es un tesoro, ¿no? La coartada de Luis Corral para la noche del crimen de Arístides Valentín, yo mismo lo he interrogado, es que había estado cenando con un antiguo compañero de colegio llamado señor Capullo, no, perdón, Capullo no sino Milton Vértebra —sonreí y puse cara de querubín apaleado—. Dice que estuvisteis juntos hasta las diez y media.

—Pero *Apocalipsis* fijó la hora del crimen entre las dos y las tres de la madrugada. Luis Corral merece una visita. Además, la novia de Arístides me aseguró que alguien llamó sobre las once al teléfono de su novio y que este se marchó sin dar explicaciones.

—Sí y no, lleva la cara y la cruz. Puede ser el asesino, pero, al mismo tiempo, puede ser víctima.

—¿Cómo? —pregunté mientras me vestía.

—Él acude a ti pidiéndote auxilio porque cree que está en peligro. Tal vez el asesino esté amedrentando a Luis Corral matando a gente cercana.

—Ayer fue sábado —le interrumpí ya levantado y buscando mi pistola en el armario—, si como todo parece indicar casi me sacan el cerebro en la Universidad de san Jorge, ¿qué mejor día que un sábado por la noche para encontrar tranquilidad? El campus estaría desierto. Él es decano de la facultad de Medicina. Tendrá más fácil que otros la entrada, digo yo. Me gustaría investigar qué sistema de seguridad utilizan en el campus.

—Lamento decirte que el doctor Corral tiene una coartada muy sólida.

—¿Cómo de sólida? —pregunté nervioso por no encontrar mi arma.

—Ha pasado la tarde y parte de la noche en comisaría. Lo llamé a las siete y le dije que quería verlo en mi despacho, lo estuve interrogando hasta las diez. Llegó a comisaria sobre las siete y media. Tú apareciste en la gasolinera a las siete y media de la tarde. Misma hora diferentes lugares, agua y aceite.

Capítulo VIII

El niño se equivoca y
no quiere remedio pero sí perdón,
el adulto se equivoca y
no quiere perdón pero sí remedio.

Pasé por casa nada más abandonar el hospital. Deseaba tomar un baño caliente mientras me fumaba un cigarrito y bebía un copón de brandy. Necesitaba *bajarme del mundo*, que diría la hijita de Quino, por unas horas. Miré el reloj colocado sobre la pequeña estantería junto al lavabo. Aquel reloj me lo trajo mi hermana Paz de Suiza. Odio lo que Suiza representa, odio la pulcritud formalista de una sociedad sádica, odio la neutralidad en la vida. El neutral y el independiente suelen enriquecerse a costa de los desfavorecidos. Independiente y neutral, eufemismos de cabrón, de un sistema de organización social perfecto que defeca en retretes asépticos cuyas heces van a otros y transforma la necesidad de esos otros, cubiertos de mierda, en lucro propio.

Eran las once de la mañana de un domingo. Escuchaba a través de la ventana las voces de las vecinas criticándose. Se despellejaban unas a otras con motivo de la ausencia de cualquiera de ellas. Y lo hacían con saña circular, a sabiendas de lo activo y pasivo de su acción. Con gusto entraría en sus viviendas y las azotaría, ¡qué vidas desaprovechadas, barnizadas de rencor! El marujeo desprestigia la dignidad humana, desconcha el respeto hacia el prójimo. Siento repulsa por esas zorras de pelo canoso que, rebosadas por la insatisfacción, escupen veneno a cada oportunidad.

La herida de la cabeza me picaba como una abeja. Al quitarme la gasa descubrí una amapola de cuatro estambres sobre mi frente. Aquello iba a dejar una buena cicatriz. Me sumergí por completo bajo el agua humeante, estaba de muy mal humor, juzgando y condenando al mundo. Pensé en la enfermera para aliviar la ira. Se llamaba Elena. Había logrado que me diera su teléfono después de haberle quitado, sin que ella lo notara, un anillo que llevaba puesto. Me aseguró que tenía muy difícil follar con ella, pero si lograba entretenerla una noche olvidaría que yo era un verde carcamal (*triste, viejo, cano y pecador* en palabras del romancero) y quizá, solo quizá, bajo los vaivenes del vino, se pegaría un homenaje conmigo. *Tienes pinta de saber amar la piel sin amar el alma*, me susurró al despedirse. Ella era parecida a un cactus, defendida por espinas de carácter y seguridad en sí misma, pero de carne frágil y sangrante. Necesitada de poca agua y poco afecto, con una hermosa flor de esperanza que duraba minutos. Condenada al desierto emocional y a las cuchilladas del sediento, Elena terminaría enamorándose de mí, si yo repetía en su cama, para acabar desquiciada a los pocos meses por mi recalcitrante egoísmo. Una noche nada más, decidí al apurar la colilla y lanzarla al retrete. Una o dos, pero ninguna más. Salí del baño y busqué un buen traje, una mejor corbata y unos zapatos elegantes.

Carlos Rodríguez de Ávila me había citado a comer ese mismo día. Iba a darme instrucciones claras sobre cómo actuar y a devolverme además la pistola que me había requisado por el mero hecho de tocarme los cojones, cosa muy legítima entre amigos. El caso se complicaba por momentos y mi presencia *orbiter dicta* le perturbaba. Me iba a atar en corto para que no me escapara y me iba a hacer ladrar para asustar a nuestro enemigo. Luis Corral guardaba demasiada oscuridad bajo llave. Yo iba a ser quien abriera el baúl de las mentiras siguiendo las instrucciones del inspector. Necesitábamos una confesión. Le pedí a Carlos que hurgara más en el historial clínico y familiar de Arístides Valentín. Le recomendé que mandara a una pareja para interrogar a los familiares del difunto dueño del gimnasio sobre su relación con el doctor. Había algo que se nos escapaba. Tenía pensado ver a mi antiguo compañero de colegio aquella misma noche y necesitaba las costuras muy prietas. Además, sugerí a Carlos que sus hombres registraran las salas de autopsias u operaciones de la Facultad de Medicina de San Jorge (en una de ellas le habían abierto los sesos a Flambeau) y que detuviera al becario Eduardo Calvo para mirarle la entrepierna. Si sus huevos presentaban el color de la berenjena, tendríamos a nuestro asesino. Por último, ¿dónde estaría la doctora Cadman? ¿Qué información atesoraría aquella buena mujer? ¿Por qué presentía que era buena gente si no la conocía?

Iba a pasar por mi despacho antes de acercarme a almorzar con el comisario cuando me encontré en el portal de mi casa a Rita. ¡Había olvidado la cita de la noche anterior con la secretaria del bufete! Lo iba a pagar caro, conocía sus ataques de histeria. Ni siquiera mi frente abierta pudo calmarla. ¡Qué obsesión por el anzuelo el de las mujeres maduras que pescan en aguas revueltas! Con sus ojos parpadeando a la velocidad de una mosca, jerebiqueando entre vinagre y Rimmel, afirmando que yo no la respetaba, que jugaba con su tiempo e ilusiones, me soltó una bofetada que sonó a portazo.

—Pero Rita, por los clavos de Cristo. ¡Ayer casi me asesinan! —le contesté pasando la mano por mi mejilla enrojecida y alejándome de la vivienda con ella cogida del brazo.

—¡Podías haberme llamado! —bramó igual que una niña enfadada con su profesor mientras se zafaba de mi mano.

—Me han dado el alta esta mañana y lo primero que iba a hacer era explicártelo todo. ¡Iba para tu casa ahora mismo! No me das margen y me robas el espacio. Soy detective privado, mi vida es un riesgo, cada hora futura me acecha llena de trampas. No soy dueño de mi agenda. Me apetecía una barbaridad cenar contigo.

—¿De verdad? —contestó calmándose de pronto. Tuve que parar de caminar pues ella se detuvo y clavó su mirada en la acera—, creí que te habías quedado en el bar con tus amigos.

—¡Mi vanidad pide un desagravio! Esta noche no puedo porque ando inmerso en una peligrosa investigación, pero mañana por la noche haz conmigo lo que quieras, aunque duela —dije al abrazarla fraternalmente—. Ahora he de dejarte, vete a casa y haz algo, que hoy es el día del Señor.

—Dime algo bonito, ¡tú!

—Te recitaré unos versos del Romancero clásico español. *Soy Bernal Francés, señora/ el que te puede servir/ de noche para la cama/ de día para el jardín.*

—¡Qué vulgar eres, por Dios! Llámame mañana, sin excusas, aunque te disparen. Te quiero, no puedo evitarlo, no sé evitarlo.

—Como una granada, duro por fuera, lleno de pasión por dentro —contesté cruzando los dedos para que quedara satisfecha y me dejara en paz—. Y no me quieras tanto, quiéreme mejor. Nunca vamos a ser pareja, querida.

Ya en mi despacho, con el humo de un pitillo caracoleando entre mis dedos y con las encías reverberando el sabor del brandy, puse el contestador telefónico al tiempo que rasgaba el sobre certificado donde me había enviado mi tahúr las fotos del ejecutivo ludópata. Escuché el mensaje que esperaba. Manolo Villegas no falla nunca. Su voz andaluza, era de Granada como yo... *Granada si tú quisieses/ contigo me casaría/ darte he yo en arras y dote/ a Córdoba y a Sevilla.* Su voz andaluza, pues, explicaba en la grabación que la doctora Cadman no había salido de España, que sus cuentas bancarias no mostraban movimientos chirriantes y que los tres últimos usos de su teléfono móvil habían sido para su hija y madre en el Reino Unido y para Eva Lizcano, la famosa actriz de cine, en Madrid. ¡Por las barbas azufradas del diablo!, recordé que la vieja vecina de la doctora Tamsin también me había hablado de ella. Sonreí como un lobo hambriento que a lo lejos ve acercarse un cordero. Eva Lizcano, Eva Lizcano...

Conecté el ordenador y puse su nombre en el buscador de internet. Era una mujer hermosa antes que guapa, elegante más que arreglada, segura de sí misma sin caer en la vanidad. Profundos ojos negros que intimidaban porque transmitían determinación irrompible, morena café caliente, delgada, carnal (seguro que su desnudo olía a orilla de mar), con el cuerpo regado de lunares y sonrisa perlada por unos dientes arreglados. Había visto un par de películas suyas y lo cierto es que me gustaba mucho. ¿Dónde viviría? Tamborileé los dedos sobre la mesa unos instantes. *¡Eureka!* Descolgué el auricular y acto seguido llamé a mi primo Carlos Vértebra, el famoso escritor.

—Primo, soy Milton, ¿qué tal todo?

—Bien, aquí intentando hacer con mi vida algo más que una estéril reflexión —me encantaba su voz grave y serena. Le tenía mucho afecto.

—¿Tú conoces a Eva Lizcano, la actriz?

— Sé que tiene treinta lunares entre la rodilla derecha y su cintura.

—¡Cojonudo! Dime dónde vive que tengo que hacerle una visita profesional. Creo que esconde en su casa a una persona que necesito encontrar.

—Dame un minuto que no sé dónde tengo las señas. Cuéntame algo mientras —sugirió al tiempo que rebuscaba entre papeles.

—Hace unas semanas me acosté con una arquitecta pintiparada. La conocí en una cena en casa de unos amigos. Iba con su marido, un petulante empresario que no dejaba de ostentar, de esos que te habla como si fueras su lacayo. De los que exprimen al trabajador y menosprecian al sindicato, de esos que no tiene ningún amigo con menos dinero que él. De los que repiten dogmas políticos fáciles de creer pero difíciles de demostrar.

»Obviamente le robé a la mujer en dos citas clandestinas. Cuando estaba a punto de correrse empezó a llamarme por el nombre de su esposo. Yo le dije que no era Jaime sino Milton. Ella se disculpó después del éxtasis (permíteme, primo, las medallas) argumentando que había imaginado que era su marido y no yo quien la follaba de una manera tan pasional. Le pregunté entonces qué veía en él, a mí me había parecido un pelafustán, y me contestó que nada. Entonces, mientras le besaba el ombligo, volví a preguntar por qué no dejaba aquella relación y ella, suspirando y riendo a la vez, mientras alargaba su brazo hacia la mesilla para encenderse un cigarro, dijo que no le abandonaba porque los hombres como yo nunca la elegiríamos como pareja y no quería envejecer sola.

—En *Soberbia,* una novela que me marcó la vida, había un diálogo más o menos así, te cito de memoria: *«¿Por qué se casarán las mujeres agradables con hombres aburridos?», «Porque los hombres inteligentes no se casan con las mujeres agradables».* Eva Lizcano vive en el barrio de Chamberí, en el ático de la calle Jordán número 15. Eva sí grito mi nombre.

—Gracias, primo. Me gustaría verte pronto. ¿Por qué no me acompañas y visitamos juntos a la actriz? Serías mi caballo de Troya, luego nos tomamos unas cervezas y echamos la mañana...

—Deja que me lo piense, Milton, la última vez que quedamos tardé cinco días en regresar a la especie humana. Creo que todavía cago fuego y meo sangre por tu culpa

—exclamó entre carcajadas—. ¿Cuánto tiempo me das para pensármelo?

—Llámame antes de que el día de hoy se convierta en noche. Me haría muy feliz verte.

—*La felicidad consiste en no tener necesidad de felicidad*, Séneca dixit.

Carlos Rodríguez de Ávila me había emplazado a comer en un restaurante chino cerca de su casa. Allí se podía fumar y era lugar de peregrinación por parte de policías y funcionarios de correos. Llegamos a un mismo tiempo desde diferentes direcciones. Nos acercamos el uno al otro como dos pistoleros del lejano Oeste americano. Pensé que éramos Wyatt Earp y doc Hollyday. Lo primero que hice, siguiendo la tradición, fue preguntarle cuántas banderas de países tienen un círculo solo en el centro. Su rostro reflejaba cansancio, era como un folio blanco amarilleado por el sol. Olía a tabaco de pipa. Su barba crecía rápido. Pedimos dos menús y una botella de vino. Brindamos con fuerza, igual que en la antigua Roma, haciendo que mis gotas de uva fermentada pasasen a su vaso y a la inversa en un gesto de mutua confianza, ¡aquí no hay veneno! Bebí el tinto de un trago. Me serví otra copa corta por arriba. Saludamos con un gesto a una pareja de municipales que acaba de entrar y que conocíamos de algo.

—Japón, Palaos y Bangladesh. La cosa se complica, Milton. Vayamos por partes. Tenías, he de reconocerlo, razón. *Apocalispsis* también me insistió mucho ayer noche en que investigara el historial clínico de Arístides. Sin que sirva de precedente os he hecho caso y toda buena obra tiene su justo castigo. Este tipo padecía una enfermedad cerebral terrible, no me acuerdo del nombre, pero más o menos lo que le pasaba es que le crecían racimos de tumores periódicamente, sin posibilidad alguna de detención del proceso. Estaba condenado a operarse para el resto de su vida, jugándosela a cada intervención. Había pasado cinco veces por quirófano y las cinco en el mismo hospital, ya sabes cuál, y con el mismo equipo médico, ya sabes quiénes.

—Así que su relación con Luis Corral era estrecha y continuada —interrumpí furioso. Aproveché para vaciar la copa, antes de tragarme el líquido lo distribuí por mis carrillos y lo absorbí luego en un segundo—. Me ha mentido a sabiendas, Carlos. El bastardo de Luis Corral negó conocer a Arístides Valentín cuando cenamos la otra noche.

—Esgrime en su defensa que son muchos sus pacientes y que no puede recordar el nombre de todos —dijo con incredulidad el inspector al quitarse de la comisura de los labios un pegote de arroz—. No pude sacarle de ese enroque en el interrogatorio de ayer. Es una persona muy inteligente, un jodido sabelotodo. Domina la estrategia del ajedrez, ha calculado cada uno de sus movimientos y de los nuestros. Sabe que nuestras sospechas nunca romperán la crisálida de los indicios. Tú y yo podemos pensar lo que nos venga en gana, con lo que tenemos un juez nos manda para casita. Necesitamos que confiese.

»Miré también el sistema de seguridad de la Universidad de San Jorge. En el campus de Medicina los fines de semana no hay vigilantes jurados, solo cámaras que, ¡tachán, tachán!, este sábado han grabado... nieve. Desde la compañía de seguridad me han dicho que el decano es la única persona que tiene copia de las claves de acceso al cuarto del vídeo. Es cierto que saltó la alarma por la tarde. Enviaron a una pareja de vigilantes, pero lo encontraron todo bajo control salvo una de las puertas de entrada abierta y el vómito de algún estudiante borracho. Las salas, aulas y laboratorios permanecían cerrados, hasta la de autopsias.

—¡Claro, la cerré yo por fuera en mi huida! ¡Esto es un pedo en la mano! ¿Por qué nos engaña tanto Luis Corral?, juega con fuego y parece no asustarle —me encendí un cigarro. No tenía hambre, miento, sí tenía hambre pero la expectación por llegar a una respuesta iluminadora me impedía tragar sólido. Cuando estoy nervioso se me cierra el estómago y no hay manera. Pedí otra botella de vino.

—No lo sé, ese será tu trabajo esta noche. Ya estás anunciado, le he llamado hace un rato asegurándole que me has contado todo lo que sabes. Tu viejo amigo te espera en su casa a las nueve. Debes jugar de farol. Escucha esto, los padres de Arístides han confesado a mis hombres que su hijo les comunicó hace seis meses que el doctor Corral había logrado meterle en un programa de investigación vanguardista sobre su enfermedad.

—¿Seis meses? El otro día me dijiste que los crímenes del extirpador de cerebros habían comenzado hace eso, seis meses.

—En efecto. ¡Por cierto!, la muerte del cuñado de Luis Corral fue un accidente. Lo atropelló una anciana que sufrió un ataque al corazón. Ha usado el accidente a su antojo, para darle cuerpo a su mentira. Pero la cosa no acaba aquí, agárrate que vienen curvas. En el registro que mis hombres han hecho a los quirófanos de la Facultad de Medicina han encontrado en uno de los hornos crematorios los restos de dos individuos. ¡Dos! Tuvimos suerte y el horno dejó de funcionar por un fallo eléctrico a la mitad del proceso. Nuestro asesino desconoce que sus cadáveres no son polvo y cenizas. Carne no queda mucha, pero algunos huesos pueden salvarse y parece muy viable extraer de ellos pruebas de ADN.

—¡Flambeau y Eduardo Calvo, me juego el alma! —exclamé al dar un puñetazo sobre la mesa. Los cubiertos entrechocaron. La camarera china, con un cigarrito de liar pegado como una verruga a los labios, nos miró con desprecio cultural.

—O Flambeau y la doctora Cadman. El único fijo en la quiniela es el jayán. Ahora mismo *Apocalipsis* anda subido al andamio para darnos la identidad de los dos cadáveres incinerados. Tardará unos días en darme los resultados, la química no sabe de atajos. Le hemos entregado cabellos de los tres candidatos, recogidos de sus casas. Se ha pasado la mañana mandándome mensajes de texto con las palabras *pulvus et umbra!*

»Eduardo Calvo vive solo en Madrid, es italoargentino, hijo de diplomático, lleva aquí nueve años. Estudió Medicina en la Universidad de San Jorge, fue alumno aventajado. Luis Corral enseguida lo fichó tras darle matrícula de honor en su asignatura. Su tesis doctoral gira en torno al uso de no sé qué no sé cuánto, algo de cianuro había, como vasodilatador del riego cerebral.

—Las tres primeras víctimas del destripador de cráneos fueron envenenadas con cianuro —le recordé a Carlos.

—Lo sé. Eduardo Calvo vive en un apartamento de la calle Espronceda. Pasta no le falta. No hemos podido encontrarlo.

—Porque está chamuscado en un horno. La doctora Cadman se esconde. Confía en mí.

—¡Obras son amores y no buenas intenciones! Volviendo al becario, vive o vivía —añadió antes de que le interrumpiera— como un pachá, su expediente hay que verlo con gafas de sol. Parece ser que su relación con el doctor Corral es o era muy estrecha, y no del todo buena con la doctora Cadman. Hemos interrogado a algunos compañeros y bedeles de la Facultad y todos coinciden en que idolatraba a Luis Corral, además de mostrarse arrogante por el calado de su autoestima científica. Sus desavenencias con la doctora Cadman, según les han dicho a mis policías, tienen que ver con el método investigador y la deontología profesional sobre todo. En varias ocasiones llegaron a pelearse a voces, pero el chico está bajo la protección de Luis Corral y eso lo convierte en intocable. Es a todas luces el más fiel de los escuderos. Parece ser que la doctora Cadman trabajaba a disgusto con los dos, pero los recursos y medios económicos del Dragón y san Jorge la atan a la Institución y, por ende, a uno de sus capos.

—Dios los cría y ellos se juntan. ¡A mí me despertó un portazo! —grité en un arrebato. La china volvió a mirar, esta vez sacudió negativamente la cabeza—. Escucha con atención, Carlos, que a mí me cuesta pensar y luego expresarlo con nitidez. Acabo de sufrir una iluminación como la de Rousseau en Vicennes. Esta es la película de los hechos.

»Llamas a Luis Corral para interrogarlo el sábado por la tarde. Está en la Facultad con su becario. No hay nadie más, él es el decano y se ha garantizado intimidad. Van a sacarnos los cerebros a Flambeau y a mí. Se marcha para acudir a comisaría, me despierta el portazo que da al abandonar la habitación. Recuerdo también que tenía sobre mis piernas una bata verde arrugada. Escapo por los pelos, porque *los dioses tienen sentido del humor*, dándole una patada en los huevos al becario. Eduardo Calvo llama por teléfono a Luis Corral anunciándole mi fuga, no sabe qué hacer, este lo calma, le dice que no se mueva de allí. Va a la Facultad después de salir de la comisaría, mata a su becario y se deshace de los dos cuerpos que hay en el quirófano metiéndolos en el horno crematorio. Luis Corral es un auténtico psicópata. ¡Ordena que rastreen las últimas llamadas de Eduardo Calvo!

—¡Por los clavos de Cristo!, todo encaja —al decir esto Carlos Rodríguez de Ávila sacó su móvil y llamó a uno de sus subordinados para darle la orden de que consiguiera la lista de llamadas del teléfono del becario a la velocidad del antílope.

—Cursa la orden de detención de Corral —le sugerí.

—No, prefiero que le hagas tú una visita esta noche. Quiero que confiese. No poseemos ni una sola prueba material, todo es circunstancial. Con un buen abogado se nos escapará de las manos como una pastilla de jabón.

—¡Caramba, Carlos, por los bigotes de Plekszy-Gladz! Va a ser muy difícil que logre incriminarlo en una confesión. Soy listo pero no tan inteligente como él. Yo he dedicado mi vida al exceso, al capricho y al vicio inmoderado. Él a desentrañar jeroglíficos cerebrales. Me conformo con sacarle algo más de dinero, ando como perro apaleado. Le contaré alguna milonga sobre la doctora Cadman, me contrató para que la encontrara. Supongo que llevaré grabadora encima.

—Supones bien, en peores plazas has toreado. No te quejes tanto, confío en ti. Toma, en esta bolsa tienes el micrófono. Pégatelo al pecho. Se activa con los latidos. La tecnología de hoy en día es impresionante. Tendrás en tu casa un Z a partir de las ocho, te llevará a la vivienda de Luis Corral y luego te devolverá a donde le digas. Hablemos ahora de la doctora Cadman. ¿Qué has averiguado? Y no intentes darme gato por liebre —exclamó Carlos al vaciar sobre su copa de cristal arañado las últimas gotas de la segunda botella.

—Carlos, poca cosa sé —me decidí por un instante a no mentirle, no lo merecía, pero tampoco a decirle la verdad, no lo merecía yo. Necesitaba mi as en la manga, orgullo profesional. Enarqué los hombros en señal de ingenuidad y puse cara de niño bobalicón.

—¿Sabes con quién he hablado hace un rato? —su colmillo era retorcido. ¡Qué gran policía!

—¿Pedimos otra botellita para brindar por la indiscreción de Manolo Villegas, *hombre no más respetable por su autoridad que por su prudencia y virtud*? —pregunté al guiñarle un ojo.

—¿Sabes dónde está ella? —me disparó a bocajarro.

—Sí —contesté asumiendo que mi estrategia había sido vapuleada.

—Cuando me lo digas, te devuelvo la pistola. Es una Glock de los años setenta, ¿verdad? Toda una joya de coleccionista.

—Perteneció a un oficial de la RDA. Presume de ella hasta mañana por la noche. Si entonces no he aparecido con la doctora te doy una dirección para que envíes a la caballería. *Quiéreme como siempre has hecho porque yo te estimo más que nunca,* que diría Tomás Moro. Hablamos después de mi cita con Luis Corral. Ahora voy a echar una siesta, estoy realmente molido. Por cierto, ¿te has dado cuenta de que he convertido en agua tu copa de vino? ¡Magia! —dije poniendo fin a nuestra comida mientras me crujía los dedos. Eso sí, pagué yo. La compañía de Carlos era un lujo y los lujos se pagan.

Capítulo IX

Mucho antes de inventar la mentira
los hombres ya creían en Dios.

REGRESÉ a casa dando un agradable paseo. El vino pellizcaba mis mejillas, montaba al tiovivo en mi frente. Parar de beber a la media tarde es convertirse en un rompeolas. Miraba los balcones y ventanas de los edificios que a esa hora, mitad sí y mitad no, se doraban a fuego lento. Casi siempre se puede ver uno o dos segundos de cualquier escena doméstica, solo es cuestión de transformar las casas en árboles, los cristales en ramas, enfundarse el uniforme de ornitólogo, esconderse entre la muchedumbre y tener un poco de paciencia. Unos pocos segundos, con eso me basta para inventarme una historia. Acababa de ver cómo un chico, moderno de mierda, abrazaba a su novia que veía una película en la televisión. Ella giró la cabeza y sonrió abriendo el telón del sexo en su cabello rubio. Sin detener mi camino imaginé que él la llevaba a la cama para desnudarla con desgarradora pasión, hidrópico de deseo. Fue su masculina boca, amurallada por una perilla, la encargada de bajarle las braguitas hasta las rodillas. Y entonces comenzaría el *cunnilingus*. El vientre plano de la chica se arquearía de histérico placer, los lunares de su cadera se agarraban a la femenina piel para no caerse en una de las sacudidas. Sin embargo, de pronto, una ladilla cruzaría ante los ojos del joven. ¡Dios santo!, le había pegado ladillas a su pareja. Sin lugar a dudas fue aquella *odalisca de burdel* con la que, la semana pasada, celebró el contrato de la agencia de publicidad donde trabajaba con una firma de moda. No podía confesar su infidelidad, ella jamás se lo perdonaría. Se derrumbaría su *way of life*. ¿Qué hacer? ¿Qué hacer? Aquello era una situación límite. La respiración del chico estalló como un corcho. Pensó caóticamente y entonces encontró la solución. Lanzó su lengua hacia la ladilla como si fuera un camaleón y se la comió, se las fue comiendo todas hasta…

Ja,ja,ja, tenía la boca llena de risa sin importarme que alguna que las viejas del barrio me mirasen mal mientras tiraban de la correa de sus perros-escarabajos.

Decidí echar la siesta, *de pijama, padre nuestro y orinal*, que diría Cela. El ruido de unas pequeñas jugando en algún piso cercano y las teclas de la antigua máquina de escribir del vecino del ático me acunaban y ya estaba llegando a las sedas de Morfeo cuando el teléfono móvil empezó a sonar y a revolcarse en la mesilla de noche, parecía una cucaracha panza arriba boqueando tras haber inhalado insecticida. Lo cogí por hábito pauloviano. De nuevo, aquel caso me abofeteaba con una sorpresa.

—Milton, soy Alberto Chezpe. ¿Te pillo en buen momento?

—Alberto, lo bueno y breve dos veces bueno. A tus órdenes con devoción. Cuéntame, amigo mío —contesté al recordar aquella blasfemia-jaculatoria que un caluroso mediodía andaluz escuché a un campesino en mitad de un secano: *Me cago en Dios, ¡Dios mío!*

—Acaban de contratarme para que te siga.

Alberto Chezpe dirigía la agencia de detectives más prestigiosa de Madrid. Contaba con diez investigadores privados en nómina, una pléyade de chivatos y toda una marabunta de informes sobre las debilidades inconfesables de personas influyentes, desde políticos hasta empresarios, pasando por funcionarios y acabando en deportistas de élite. Era conocido por la discreción de sus servicios y lo exitoso de sus pesquisas. Cobraba caro, muy caro, y no aceptaba excusas el día de caja, por lo que sus clientes tenían un perfil alto de solvencia. La agencia se llamaba *B&S investigaciones*. Pocos conocían lo que las iniciales *B&S* escondían. *Baker Street*, así lo decidimos en una cena en la que le deseé toda la suerte del mundo con su nuevo proyecto. A los dos nos apasionaba el maestro Holmes. De hecho, éramos socios numerarios del club Diógenes de admiradores del personaje de Doyle, toda una caterva de gente rara, solitaria, mística y, por supuesto, silenciosa. Creo que lo dije al principio: soy un holmesólogo de primera.

Alberto y yo fuimos compañeros mucho tiempo atrás, al poco de salir de la academia. Una noche le salvé la vida. Habíamos estado persiguiendo a un delincuente cuando, sin darnos cuenta y por falta de experiencia, nos vimos en una encerrona. De la esquina de una calleja infecta salió nuestro hombre llevando como rehén a una niña de cinco años. La chiquita parecía aterrorizada. Apretaba su pequeño cuello con una jeringa que sabíamos contagiada de sida. Nos ordenó que tirásemos nuestras pistolas al suelo. Al momento de obedecerle lo supe. Supe lo que ese cabronazo iba a hacer. Me obligó a pegarles una patada a las armas, luego se acercó a ellas, ordenó a la pequeña coger una y dársela. Entonces liberó a la niña de un empujón y disparó a Alberto. Pero yo lo supe segundos antes y me interpuse en la trayectoria de la bala. Primero de los tres disparos que he recibido a lo largo de mi vida. El delincuente salió huyendo y Alberto y la niña vinieron a sostener mi cuerpo que sangraba a borbotones a la altura del estómago. Nunca más volvimos a verlo.

Ya en el hospital Alberto me preguntó por qué lo había hecho. Mi gesto encerraba una nobleza blanca y sincera. Éramos compañeros pero no amigos, nos conocíamos bien desde hacía tres meses, no más. Le había tocado el hueso del alma. Yo le contesté que él estaba casado y que tenía una pequeña de seis meses. Su vida valía más que la mía, así de simple. Él tenía más derecho que yo a estar en este mundo. Él lo había hecho mejor y en su entierro iba a haber más *AMOR* que en el mío. Los ojos de Alberto tiritaron y me dio las gracias apretándome la mano y dejando caer una lágrima sobre mis dedos. Juró ayudarme siempre y ha sido uno de los pocos hombres que he conocido, quitándome a mí mismo y a dos más, que ha respetado su compromiso sin medias tintas ni salidas de emergencia. Alberto es un gran tipo. Solo tiene un defecto invencible: su afición a las mesas del casino. En estado de aletargamiento no hay peligro, pero cuando huele la sangre de un siete de diamantes es capaz de jugarse todo aquello que ande bajo su influencia. Gana mucho dinero con *B&S investigaciones*, pero gasta mucho más en la calle de Alcalá.

—¿Quién quiere seguirme? —pregunté estupefacto.

—Un tal Luis Corral. Tienes ya abajo a uno de mis peores hombres. Ha exigido tres informes al día sobre tus movimientos. ¿Quieres que haga algo en especial?

—Ok, ordénale que me siga pero sin darme el coñazo. Esta noche voy a casa de Luis Corral, viene a recogerme un Z, he quedado a las nueve —de pronto una idea enorme se posó en mi cabeza—. Alberto, ¡voy a hacerle un *Albacete* a este cabronazo! Dile a tu detective que llame antes al cliente, sobre las ocho y media, y que le diga que esta tarde me ha visto salir con una mujer pelirroja de la embajada británica. Mañana te pediré más.

—Milton... —su voz se sumergió.

—Dime, Alberto —contesté abandonando la cama al asumir que aquello era una confabulación judeomasónica del mundo contra mi descanso.

—El hijo de perra me ha tanteado sutilmente sobre la posibilidad de eliminarte. Lo ha dejado caer sin mojarse. Ha insinuado que tu vida corre peligro, que quiere protegerte, de ahí el seguimiento. Me preguntó quién podría matarte, si era factible que algún grupo de gitanos rumanos estuviera dispuesto a finiquitarte por dinero y que dónde se podría contactar con ellos para intentar detenerles. Enseguida leí entre líneas

—No me esperaba menos de él, no *inquietas mi quietud*. Es un hombre peligroso. Cóbrale pronto y cóbrale con la saña del abusador, es millonario. Carlos Rodríguez de Ávila y yo estamos a punto de cazarlo en algo muy gordo. Los acontecimientos se pueden precipitar esta misma noche. Espero que el *Albacete* que tengo en mente funcione. Gracias por avisar, eres un caballero.

—Solo soy tu amigo.

—Lo demuestras con creces. A ver si un día quedamos y charlamos. Respeto mucho que hayas dejado de beber, pero también tengo muchas ganas de verte y abrazarte. Eso sí, en un casino no, que me aburro.

—Ja ja, ja. Te quiero, Milton. Una vez me salvaste la vida por estar casado y tener una niña. Ahora estoy separado y mi hija no me habla. Si hubiera seguido bebiendo no tendría futuro. El alcohol me corroía la voluntad, hizo que arrojase todo por los imbornales del exceso y el impulso. Nunca llegué a imaginar que la ruleta rusa del alcohol me iba a tocar a mí.

—No te castigues, hay que haberlo hecho mal para poder hacerlo bien. Tu hija te perdonará. Su madre no, porque haberte follado a la canguro no tiene perdón, pero tu hija sí lo hará tarde o temprano. Es un imperativo biológico, estáis los dos condenados a un reencuentro. Ten paciencia y sigue ejerciendo de padre, no hay montaña que no se pueda culminar. Además, ¡hallarás la paz en otra mujer seguro!, no sirves para estar solo. Eres feo como un demonio, pero simpático como un truhán. Personificas el varón ideal para las cincuentonas. Y una mujer con cincuenta años representa la serenidad caduca y la pasión perenne. No te rindas y no pruebes una sola gota. No me defraudes, no te defraudes. Sé fuerte que ya bebo yo por ti. Hace poco leí a Claude Bernard: «*La estabilidad del medio interno es la condición para la existencia de una vida libre».* Te quiero mucho, eres una gran persona. Recuérdale a tu empleado que llame a Luis Corral antes de las nueve para decirle que me ha visto en la embajada británica con una pelirroja. El siguiente paso es dejar el juego y ya serás un tipo totalmente aburrido.

—Ja, ja, ja. De acuerdo. Cuídate, Milton.

Me encendí un cigarro y sentado sobre la cama dejé que mi corazón galopara hasta cansarse. ¡Sería bastardo de mil rameras Luis Corral! Miré el reloj como quien mira una cantimplora en mitad del desierto. Las siete y media. Busqué entonces la tarjeta que me diera mi antiguo compañero de colegio la otra noche. Vivía en el selecto barrio de La Moraleja, ¡dónde si no! Fui al despacho y allí busqué una pila de botón, un bote pequeño de pegamento instantáneo y unos auriculares. A estos les corté el cable y lo abrí con unas tijerillas por un extremo para enseñar dos dedos de cobre. El otro lado lo pegué con el pegamento a la pila. Ahí tenía mi *Albacete.*

Pasé por la ducha para ponerme, después de colocarme con esparadrapo el micrófono que me había dejado Carlos en el pecho izquierdo y en el derecho el *Albacete,* un traje cruzado gris con camisa blanca y corbata roja. Zapatos rojos de feto de ternero, como los del papa Benedicto XVI.

Salí de casa. Al bajar por las escaleras me crucé con una adolescente que vivía justo en la planta de abajo. Alguna vez la había sorprendido sin querer, mientras me fumaba un purito asomado al alféizar del patio interior, en su dormitorio cambiándose de ropa. Me examinó con ojos de azurita, la miré con candidez y palmeé con orgullo mi ética, esa *ethos* que en griego original significaba cabaña de pastor donde guarecerse de la tempestad. Hay cosas que no se deben ni pensar, porque entonces el hombre se transforma en monstruo. Soy débil pero no depravado, soy pecador pero no demonio, soy un marinero que no un pirata. Soy águila, no cuervo. Ya sabes el refrán: *El perro tiene vocación de esclavo, por eso cuando se escapa se convierte en salvaje y no en libre.* No respetar la infancia merece la muerte, sin medias tintas. Y la adolescencia es una infancia en carnaval. Cuando yo tenía ocho años, un sujeto perverso con la mano izquierda seca, pelirrojo, de dientes amarillos, que sudaba por la raya del pelo y con gafas de contable llegó una tarde a la urbanización donde vivía para vender enciclopedias. Se sentó en un banco y empezó a contarnos a todos los chavales que corríamos por los jardines historias sucias. Nosotros, con la devoción de mosquitos que responden a la luz violeta, acudíamos a él, a sus narraciones verdes y picantes. El portero de la finca, que era un haragán, no prestó la menor atención al peligro que encerraba un sujeto así. Se hizo asiduo cada atardecer. Una noche fui el último de la pandilla en retirarse. Me llevó al aparcamiento trasero, me obligó a bajarme los pantalones e intentó violarme. Al empezar a llorar y gritar dejó de forzarme y se limitó a masturbarse sobre mi estómago. Jamás les conté aquella tragedia a mis padres. Ha sido el trauma más doloroso con el que mis silencios han cargado. Ya siendo policía, con el recuerdo sin cicatrizar, solicité a los compañeros malacitanos datos sobre aquel depravado con la excusa de limpiar un fichero doblado. Había estado en la cárcel por consumar el abuso de menores en más de una ocasión. En tal momento tenía sesenta años y malvivía en una pensión infecta de esos pasajes oscuros y con olor a orina, *hijos del laberinto de Creta*, que desembocan en la hermosa calle Larios. No lo dudé. Dejé pasar unas semanas para que mis preguntas se diluyeran en el ajetreo laboral de mis colegas. Cogí el coche y recorrí media España para regresar a mi infancia. De Málaga decía mi padre dos cosas. La primera, que cuando hace frío hace frío hasta en la calle. La segunda, que en Málaga solo hay cincuenta euros y que viven todos de robárselos unos a otros.

Con una peluca rubia y un carné falso me hospedé en la habitación contigua a la del pedófilo. A la media noche me enfundé un mono de albañil, me puse guantes de látex y entré a hurtadillas en su cuarto. Le apuñalé con saña hasta convertir su cuerpo en un saco roto. Él ni se enteró, pues dormía. Verlo me asustó, me transportó a la fragilidad de la infancia. La primera mojada fue al corazón, solo pudo defenderse con un espasmo automático. Fue como un martillazo. Luego llegó el festón sangriento. Dejé en la mesilla una nota: «El último niño del que abusas». Antes de abandonar la habitación encendí la lucecita junto a la cama. Al ver su cuerpo hecho pulpa y sudando sangre me acordé de aquellos versos del romance de don Rodrigo: *Iba tan tinto de sangre/ que una brasa parecía*. Merecía, sin lugar a dudas, aquel fin. Su carne desmembrada flotaba en un lecho bermejo. A mí me había marcado la vida, pero, ¿a cuántos se la habría jodido? Primer hombre que mataba en mi vida. El crimen apenas fue investigado. Un pederasta no merece tiempo. No me arrepiento en absoluto. Sé que hice lo mejor, hice lo que mi alma necesitaba. No lo hice por mí solo, mi mano era la mano de muchos. Desde entonces no he vuelto a soñar con él. En mi soledad nocturna no me acurruco con miedo atávico. La venganza alivia en algunas ocasiones. Quien diga lo contrario es que no ha sufrido lo suficiente. Volvamos al presente.

Un coche patrulla me esperaba a la puerta. Me metí en él, saludé por la ventanilla al detective de la agencia B&S y me dejé llevar al reino de los Lestrigones.

El chalet donde vivía Luis Corral era impresionante. Precedido por una tapia de ladrillo de dos metros de alto dejaba ver su segunda y tercera altura tras unos pinos. La arquitectura de la vivienda me recordó a las casas de la campiña inglesa. Junto a la puerta metálica de entrada había un telefonillo con cámara. Pulsé el botón diez segundos seguidos, para joder más que nada. El zumbido de apertura me invitó a entrar. Atravesé un jardín de rico, es decir, ostentoso, en nada relacionado con la Naturaleza, lejano al concepto de bosque. Antes de alcanzar la escalinata que antecedía a la puerta principal de la vivienda esta fue abierta por un mayordomo.

—El señor Vértebra, supongo —dijo el viejo sirviente de pecho hinchado.

—Y usted debe ser Stanley —respondí automáticamente.

—Perdone, no logro entender —contestó al hacerse a un lado para permitirme la entrada.

—Ni falta que hace, buen hombre —le señalé posando mi mano en su hombro, cosa que no le hizo ninguna gracia.

—El señor le espera en el salón. Sígame.

—Tu señor es un criminal y lo sabes. Si quieres hablar, llámame. No caigas con él. A Luis Corral le queda *un pelao y un arreglao de cuello*. La policía premiará tu colaboración —le sugerí al oído mientras le daba una de mis tarjetas. Nada más cogerla la rompió en dos pedazos.

—Señor, gano bien por oír y no escuchar, por callar y no decir nada. Mis manos permanecen limpias y a mi corazón no le perturban las manchas. Si la cosa se pone mal para el señor Corral, no dude en contratar mis servicios como mayordomo, todavía me quedan tres años por cotizar, pero no me pida más. Me vendo por dinero, no por honestidad.

—Vas a ir al infierno, viejo carcamal.

—No notaría la diferencia. Con Satanás no se está tan mal. Hemos llegado.

Reconozco que no me lo esperaba. Tenía la intención de agarrar a Luis Corral por la pechera nada más verlo y soltarle un directo que le reventase la nariz, pero junto a él hallé a un hombre de unos setenta años, con pelo blanco de fregona, patillas que parecían una roca de sal, pagado de sí mismo, cara de morsa y cuerpo de gibón, con un alma habitada por gusanos y un cerebro que solo maquinaba la forma de enriquecerse más y mejor. Era Melquiades Ramepo, barón de Manantial, famosísimo abogado, asesor del Comité de nobles de España, abogado del hampa bursátil y pésimo profesor de Derecho Civil. Había sido mi docente treinta años atrás en la facultad de Derecho y ya entonces era un gilipollas integral. Llegaba tarde a clase habitualmente, se pavoneaba de sus contactos con la realeza y quemaba las horas vanagloriándose de los casos de su bufete. Jugaba con una simpatía natural que al poco se desenmascaraba como impostada. Acumulaba cultura como quien acumula piedras preciosas. Aprendí de él lo que nunca sería. A mí me odió desde que leyó mi apellido en su listado de alumnos. De un lado, no soportaba el poder social de algunos miembros de mi familia (los Vértebra de siempre han ocupado las más altas magistraturas y las cátedras de las mejores universidades públicas españolas), y de otro, sabía que conmigo no podría vanagloriarse por ser grande de España, pues los Vértebra éramos una familia que entroncaba directamente con don Alejandro de Vértebra, noble caballero aragonés hacedor de una gesta enorme en tierras granadinas bajo los órdenes de los reyes católicos. En el siglo XIX mi antepasado Arturo Vértebra, patriarca por entonces del clan y entusiasta seguidor del socialismo utópico de Proudhon, de quien repetía antes de cada almuerzo, a modo de oración, la frase *«El capitalismo es la monarquía de la economía»*, renunció a la totalidad de títulos nobiliarios que la familia ostentaba y se pasó con armas y bagajes a la causa republicana. El salto a la burguesía nos fortaleció. Dejamos de vivir de las prebendas e injustos privilegios heredados para hacernos dignos, individuo a individuo, generación tras generación. «Juzgadme a mí, no a mis mayores» reza nuestro escudo. Los Vértebra no creemos en las prerrogativas de la sangre y el dinero. Por eso la nobleza española nos la chupa. Ellos no son sino parásitos que exprimen y malgastan un patrimonio ancestral del que ninguno de ellos es merecedor, ni siquiera el primero que lo acumuló. El rico que no comparte, roba. Y compartiendo no se puede ser rico. Han sobrevivido apoyando a individuos perversos, se han olvidado sistemáticamente de los más necesitados. Se creen más que los demás por el hecho de tener la vida resuelta por un colchón de siglos de expolio. Ya desde pequeñitos les educan fuera de los cauces ordinarios para inocularles un enfoque de la convivencia chulesco e inmisericorde. Dan asco, porque al ser tan escandalosa su realidad, no pueden dar pena. Desprecian a la gente, son estúpidos en el sentido de Cipolla, petulantes, de oscuras intenciones y normalmente muy malas personas. Lo digo con conocimiento de causa.

¡Sepulcros blanqueados!, viven sin ese honor que predican y abusan sin vergüenza del débil. Hablan de la igualdad desde un podio protegido por alambres. Tienen la nauseabunda bondad de la que se habla en la encíclica El progreso de los pueblos: *la de quien cree que nada le sobra y que todo cuanto posee lo necesita.* Los complejos de una sociedad inmadura como la española, que llegó tarde y mal a la Modernidad, entre otras muchas razones por culpa de esta misma nobleza, permiten que a día de hoy los ecos vacíos de la estirpe mantengan a alguien en una posición elitista por tradición. Entiendo que ser hijo de... abra puertas, me considero razonable y los esfuerzos y éxitos de una generación deben trasvasarse a la inmediatamente posterior, sin embargo, ser hijo de hijo de hijo de hijo de... Esta gente desperdicia a manos llenas y dilapida lo que unos antepasados concretos les dejaron. Y si no lo hacen utilizan lo heredado para abusar y dañar su entorno. No me parece mal que los títulos de prestigio existan al uso francés. Toda sociedad sana ha de premiar a sus héroes, es más, necesita héroes. A mí me gusta admirar. De hecho, debemos poseer referentes morales para el país, el bien común muestra hambre de iconos, pero tal reconocimiento debería salir del parlamento, ni siquiera del gobierno, digo del parlamento, casa de la soberanía popular, a raíz de alguna actividad, logro o sacrificio encomiable; no conllevaría jamás ninguna remuneración económica o patrimonial (la sociedad aplaude y agradece, no paga y enriquece), se trata de prestigio no de otra cosa; y, desde luego, no podrían heredarse los títulos, que de padres virtuosos, hijos viciosos. Sin embargo, como leí en una ocasión: *los indios se asustan más del sonido de la detonación del arcabuz que de la bala*. Quien tenga oídos que oiga.

—Solo un mierda como este —dije al señalar con el dedo a Luis Corral— podría contratar los servicios de un sinvergüenza como usted.

—Yo también me alegro de verle, señor Vértebra. Es usted la verruga del culo de su familia.

—No entiendo por qué me odia tanto, siempre he disimulado muy bien mi desprecio hacia usted. Señor Ramepo, tenía muchas ganas de hacer esto —le espeté antes de escupirle a la cara.

—¿Cómo se atreve?, voy a… —farfulló el aristócrata al limpiarse con un pañuelo de seda mi saliva.

—Por favor, por favor, guardemos la compostura. ¿Quieres un whisky o ya vienes lo suficientemente borracho, Milton? —interrumpió Luis Corral.

—Mi padre me enseñó que no debe preocuparme cuánto bebo, sino con quién lo hago. Yo no bebo con asesinos.

—Mucha calma y buena letra. Quiero que sepas, querido Milton —me interrumpió Luis ofreciéndome un vaso que, de nuevo, rechacé— que cuento esta noche con la presencia de mi abogado para garantizar mis derechos y prevenirte de que cualquier acusación que hagas sin pruebas te saldrá muy cara. Como el inspector Rodríguez de Ávila siga atosigándome, pondré contra él una denuncia por acoso. A ti te digo lo mismo. Es una infamia hacerme responsable de los crímenes en cuestión. Yo acudí a ti pidiéndote ayuda.

—A mí no me la das con queso. Tú querías que yo encontrara a la doctora Cadman para deshacerte de ella. Sabe demasiado y es peligrosa.

—Deliras, Milton —dijo Luis con la boca detrás de su licor.

—Lo sé todo. Arístides Valentín, Eduardo Calvo, los asesinatos para llevarte los cerebros, ¡casi consigues el mío!

—Eso que dices son necedades. Te apremio a la prudencia o mi abogado pondrá en bandeja de plata tu cabeza ante un juez.

—Mi cabeza, ¡qué paradójico! No, Luis, no voy a ser recatado, voy a ser temerario. He hablado con la doctora Cadman, sé dónde está, sé lo que sabe. Ella me ha dicho que su silencio cuesta dinero, mucho dinero, que quiere empezar una nueva vida en el Reino Unido lejos de ti y de tu influencia. Abandonar su larga carrera en San Jorge y el Dragón representa un enorme sacrificio.

—Perdona, repite, por favor —los ojos de Luis parpadearon como dos alas de mariposa.

—Se rinde. Está cansada, no se encontraba a gusto trabajando contigo y tu becario, a pesar de que la investigación que lleváis a cabo es apasionante. Esa investigación ha sido lo más increíble que ha hecho jamás. Ella desconoce que Eduardo Calvo es ahora carbón, ¡ves cómo lo sé todo!

—¿Por qué cojones te ha enviado el inspector Rodríguez de Ávila a hablar conmigo y por qué me estás diciendo esto? ¿Queríais que confesara? Sigo sin reconocer ninguna de tus insinuaciones. Señor Ramepo le insto a que tome nota de cada una de las palabras de Milton para darles traslado luego al Juzgado. ¡Voy a demandarte y a sacarte una indemnización enorme por calumniarme y atentar contra mi honor!

—No sobreactúes, Luis. Conmigo no. Sé que eres un asesino. Sí, tome nota, abogado de secano, leguleyo de tres al cuarto, ¡a-se-si-no! El inspector quería que yo te sacase una confesión. Mira —dije desabotonándome la camisa para arrancarme acto seguido el esparadrapo con la pila redonda y el cable y arrojarlos al suelo, donde los pisé con todas mis fuerzas—. Micrófonos de última generación. La policía sabe que eres tú el autor de los crímenes, no tienen ninguna duda, pero no tienen pruebas materiales para empapelarte. Te vas a librar, eres muy inteligente. Te escurres igual que un pescado. Pero yo soy un tipo ambicioso en apuros. Y me guardo un as en la manga. Voy a hablarte claro —hice una pausa, me agaché y recogí la pila machacada y el cable, se los enseñé con seguridad a Luis y me los metí en el bolsillo—. La doctora Cadman te exige dos cosas por guardar silencio. La primera es que la dejes en paz de ahora en adelante. Ella advierte que no vas a dudar en matarla, porque sabe demasiado de tus atrocidades. No debes molestarla nunca más. Como no se fía de ti me ha dado esta tarde una declaración jurada con todo lo relativo a tus investigaciones con la orden de entregarla a la policía y publicarla en prensa si algo le pasara. Te aseguro que el documento, donde se recogen tus fechorías con pelos y señales, está a buen recaudo, así que no pierdas el tiempo intentando encontrarlo, salvo que tengas contactos diplomáticos. La segunda, y no menos importante, es que le entregues cien mil euros.

—¡Cien mil euros!, es una locura —gritó el abogado.

—¡Cállese, Ramepo! —le increpó Corral, que pensaba a toda máquina.

—El cretino de tu abogado tiene razón por una vez —interrumpí al tiempo que me encendía un cigarro.

—Explícate, Milton —Luis había caído en la trampa. Su maldad le corroía la prudencia como un ácido las manos. El *Albacete* empezaba a funcionar.

—A mí, la verdad, es que lo único que me importa es cazarte. Has intentado matarme, ¡hijo de puta! Te profeso tanto asco como rencor, tanto odio como desprecio. Flambeau me esperaba en casa de la doctora Cadman. Allí me hizo esto —señalé la herida de mi frente—. Luego tú y tu becario quisisteis trepanarme. Bendita la llamada que el inspector Carlos Rodríguez de Ávila te hizo el sábado, te proporcionó la puta coartada perfecta. Como te vas a ir de rositas, ¡y detesto eso!, te propongo un trato.

—No hay trato, porque mi cliente no reconoce nada —farfulló el barón de Manantial.

—Ramepo, no seamos descorteses. Escuchemos la oferta del señor Vértebra —contestó Luis al clavarle la mirada a su abogado—. Esta conversación no existe, es privada. Se ha deshecho del micrófono. Y yo no reconozco nada. Dejémosle que siga en su delirio. ¿Cuánto dinero quieres, Milton?

—Cincuenta mil euros y te entrego a la doctora Cadman —aspiré con fuerza el humo del cigarro. Cogí la copa que Luis me había ofrecido antes y que había dejado sobre una mesa de cristal. Procuré disimular lo mejor que supe el temblor de mi mano. El lazo de la trampa esperaba el paso de la presa.

—Te consideraba un caballero. Hablando hipotéticamente y siempre según tú, si llego hasta la doctora Cadman no será para acariciarla. ¿Por qué me la entregas?, no te veo capaz de vender un alma por dinero. Algo me huele mal. Convénceme, porque, si no, nuestra conversación ha concluido y mañana por la mañana interpondré una demanda contra ti.

—Muy sencillo, ella no es trigo limpio. De una u otra forma está implicada. La doctora conocía tus actividades, ha protegido con su mutismo la comisión de horribles crímenes, podía haber ido a la policía y contarle tus aficiones. La dominó su ambición científica. Se ha visto obligada a ocultarse, es responsable de una manera o de otra de las muertes cometidas por ti. No me da tanta pena. Tienes hasta mañana por la noche. Te llamaré a las ocho, si tienes el dinero te entregaré a la chica. Si no lo tienes se la daré al inspector Rodríguez de Ávila. Está tan asustada que cantará y te tienen tantas ganas, gilipollas, que le ofrecerán impunidad. Llegarán a un trato con la fiscalía. ¿Sabes cómo se apellida el Fiscal general del Estado? ¡Vértebra! Es mi tío Tomás, que siguió los pasos de su primo y no siguió los de su hermano mayor, mi padre, en paz descanse.

—Milton, Milton,… eres molesto y vulgar. Fuera de mi casa. Lárgate. Llámame mañana al mediodía. Ten mucho cuidado hasta esa hora. La mala suerte ronda a los pretenciosos.

—No me amenaces, no eres lo suficientemente hombre para matar de frente y mi espalda la tengo blindada. Si algo me pasara antes de mañana al mediodía tu muerte es algo tan seguro como que el sol es una estrella. He dado orden de que te apuñalen por el culo. Recuerda que yo vivo entre los miserables. Tengo más amigos diablos que ángeles. No me amenaces, te conozco desde pequeñito. Fíjate si estoy seguro de que no me vas a hacer nada que te digo que esta noche voy a emborracharme en el *Airiños*. Una cosa más, Luis.

—¿Qué? —su voz sonó a frenazo.

—Intercede para que no me ponga una demanda —y acto seguido le solté un puñetazo en la nariz a Melquiades Ramepo. Su tabique se partió y le comenzó a manar sangre.

Mi teléfono sonó nada más subirme al coche patrulla que me esperaba aparcado en la calle. Era Carlos Rodríguez de Ávila.

—Buen trabajo. ¡Le has hecho un *Albacete*! Sigues siendo muy grande. Espero que el abogado no se venga arriba con la hostia que le has dado y te deje en paz.

—¡Un clásico! *He construido una montaña entera; una niebla profunda impide verla; mañana se desgarrará la niebla y el monte aparecerá erguido, con las cumbres cubiertas de nieve,* Pío Baroja, *La Busca.* ¡Mañana será tuyo! Necesitaremos que la fiscalía proteja a la doctora Cadman. No conseguiré que nos ayude si no puedo garantizarle inmunidad. Si necesitas que hable con mi tío me lo dices. Al abogado que le den. Por cierto, manda a un par de agentes de paisano para que me sigan esta noche y me acuesten. Tengo miedo —confesé al quitarme del pecho el verdadero micrófono.

—No te preocupes, estoy detrás de ti. Lo de la doctora Cadman dalo por hecho. No creo que sepa demasiado. El fiscal hará lo que sea por echarle el guante a un asesino en serie. Estoy convencido de que a la mujer le pudo el miedo a saber la verdad.

Bajé del Z a las puertas de mi *Airiños*. Sonó un mensaje de texto, lo leí antes de entrar en el restaurante: «*Querido primo, mañana a las nueve de la mañana en mi casa. Tráete guantes y echamos unos asaltos antes de ir a casa de Eva Lizcano. C.V.*».

Capítulo X

Los sueños son una Nación
llena de turistas
pero sin ningún habitante.

A L abrir la puerta del restaurante una bofetada de voces y una nube de humo me recibieron. Los domingos el *Airiños* se llenaba de universitarios con ganas de coronar el fin de semana. Las sobras de sus bolsillos les daban para unas cuantas botellas de Ribeiro. Se endemoniaban antes de regresar a la rutina. No me agradaba mucho ir ese día, los jóvenes molestan con su autosuficiencia, con su vitalidad narcisista, con su intolerancia ingenua, pero necesitaba llenarme de licor. En una esquina de la barra Rafael Hithloday era la mofa de un grupo de estudiantes de económicas. «En este país no cabe un tonto más, ¡estoy harto de vivir tan apretado!», repetía como un loro para recibir los aplausos y las rebabas de las copas de vino de aquellos mierdas. Esgrimía su teoría sobre los verdaderos hechos que acontecieron en Palomares, Almería, el 17 de enero de 1966 cuando un bombardero B-52 del ejército estadounidense se estrelló allí. Siempre se había dicho que el avión llevaba cuatro bombas atómicas que no estallaron gracias a que sus dispositivos de seguridad funcionaron bien, pero en realidad se trataba de cuatro bombas con un componente químico peligrosísimo que hacía crecer la estupidez humana al tiempo que embotaba el sentido común y daba alas a la tontuna individual. Las bombas sí estallaron y el viento se encargó de esparcir por toda la península aquel gas tan letal para nuestra capacidad de crear una sociedad decente. Eso sí, en algunos lugares de España los efectos ni se notaron de lo tontos que ya eran sus habitantes, víctimas quizá de algún otro experimento anterior. Los jóvenes carcajeaban ante las ocurrencias del viejo Rafael.

Al otro lado vi a Ulpiano Paredes. Charlaba animadamente con un par de alumnas. Alcé las cejas pidiendo señales de aprobación y con su brazo en alto autorizó mi acercamiento.

—Buenas noches, Milton. Te presento a Yolanda y a Sandra. Asisten a mis clases de Psicología evolutiva. Son de Jaén, viven en una residencia. Yolanda y Sandra os presento a Milton Vértebra, una leyenda de la Policía y excelente mago. Es primo de Carlos Vértebra, el famoso escritor —miró la herida de mi frente, enarcó una ceja, pero no preguntó nada. Respetábamos nuestra vida laboral y privada.

—Encantado de conoceros —dije al tenderles mi mano—. Voy a pedir, ¿queréis algo?

—No, muchas gracias. Ya nos íbamos. No queremos molestar al profesor —contestó una de ellas.

—Pero a mí sí me molestaría que mi llegada se tradujera en vuestra marcha. Odio parecer un lobo que espanta corderos. Os pido una botella de ribeiro. Prometo pasar desapercibido. Siempre me ha gustado aprender del profesor Paredes. Creo que la psicología evolutiva nos ata y nos libera, a un mismo tiempo, de nuestra animalidad.

Las jóvenes no eran guapas, tampoco feas. Vestían camisetas de tirantes y pantalones vaqueros ajustados, por lo que su carnalidad iba camino de la ebullición. Una de ellas llevaba tatuada una pequeña clave de sol en el dedo índice de su mano derecha y una clave de fa en el mismo dedo de la mano izquierda. Sus pechos eran turgentes, no tenía sujetador. Imaginé sus pezones como yemas de huevo. Su pelo castaño, recogido en un espontáneo moño, parecía un gorro de cibelina. Tenía ojos de hierba, sus pestañas eran largas como la sombra de un cañaveral. Era simpática, inteligente, consciente de sus limitaciones. Me miró en un par de ocasiones intentando dar pie a una conversación, pues su compañera, Sara, mostraba la más firme decisión de aprobar la asignatura aquella misma noche.

—¿Sabes lo que le ha pasado a un amigo mío esta mañana? —le susurré al oído. Ella no contestó, se limitó a sonreír para agradecerme que la hiciera caso—. Mi amigo estaba muy preocupado porque su hijo, de cuatro años, hablaba raro. Articulaba bien sílabas y palabras, pero no se entendía lo que decía. Pues bien, lo llevó a un logopeda la semana pasada como medida resolutiva. Después de tres sesiones, ¿sabes lo que le ha dicho?

— ¡No! —exclamó al poner sus brazos en jarras y ladear una cadera. ¡Ese era el momento en el que tenía que conseguir que Yolanda se relajara! Si ella reía querría seguir charlando conmigo... si no, buscaría una educada excusa y se marcharía. *Hic Rhodas, salta!*

—Que el niño estaba perfectamente, que hablaba con corrección. Entonces el logopeda le preguntó a mi amigo si el matrimonio pasaba muchas horas fuera de casa por motivos laborales y si tenían contratados los servicios de una canguro. Al ser afirmativas ambas respuestas le preguntó algo más: ¿de dónde es la chica? De la república checa, contestó mi amigo. Señor, su hijo habla checo, no español. Ese es el único problema.

Yolanda rio y en la leve inclinación de la barriga por la carcajada sus ojos de menta me miraron de otra manera. Ahora tocaba escuchar, dejarla explayarse. Si la chica sentía que un adulto mostraba interés por sus inquietudes, su sexualidad, efervescente a tal edad, no se sentiría atosigada y, quizá, solo quizá, el egoísmo narcisista de la carne joven se aflojaría un poco, una grieta por la que yo metería mi palanca hasta desterrar su recelo y poder gozarla.

Empezó a hablar de su deseo por investigar más en la utilización de la música como terapia para determinados desequilibrios psíquicos. Sus padres la obligaron a tocar el piano desde pequeña y este instrumento le había abierto las puertas de un cortijo de relajación y paz interior. Quería devolver a la sociedad lo que los clásicos le habían prestado. Me detalló con gran entusiasmo los logros a este respecto en algunos hospitales norteamericanos. Como yo sé tocar el piano a un nivel bastante decoroso, nuestra conversación fue apretándose hasta que Ulpiano y Sara quedaron en los suburbios, a ellos ya solo les restaba hacer prácticas.

Al final las chicas bebieron dos botellas de ribeiro y se notaba que sus mentes viajaban en barco. Años atrás hubiera utilizado la táctica del tigre para elegir víctima con la que compartir lecho. Cuando un grupo de chicas se encontraba en estado de embriaguez, la técnica consistía en gritar y espantarlas, de tal forma que todas salieran corriendo asustadas. La más borracha, la más torpe, la que se caía al suelo, ¡esa era la elegida!

Ulpiano y yo pagamos a escote. Yolanda tuvo un traspiés y al agarrarse a mi brazo me preguntó cómo me había hecho la herida de la cabeza, yo le dije que un delincuente me había dado un martillazo. Ella expandió un gesto de asombro. Al salir del *Airiños* la pareja de policías de paisano que cuidaba de mí me saludó llevándose la mano a la frente. Aquello terminó de cautivar a Yolanda. Bajando hacia la plaza de España dejé que mi mano acariciara por unos momentos la suya. Se estremeció. Le dije que pensara un número al azar. El que fuera. Me detuve, la detuve, y mirándola a los ojos con la fuerza del mentalista lo adiviné. Ella pegó un brinco. Antes de llegar a la parada de taxi la invité a mi casa. Allí tenía un piano eléctrico, podríamos tocar a cuatro manos mientras bebíamos una copa de excelente vino. En un primer momento se asustó, pero su vocación, propia de la edad, por vivir con intensidad momentos irrepetibles la llevó aceptar el ofrecimiento. Nos despedimos de Ulpiano y de Sara. Nosotros iríamos caminando, mi casa no quedaba del todo lejos. Sus ganas por charlar, por sentirse escuchada por un tipo duro, guapo y cultivado eran torrenciales. Mi edad dejó de ser lastre para convertirse en noray. Cuando miré hacia atrás, vi a Ulpiano de espaldas que levantaba sus brazos al cielo y aplaudía.

Una de las virtudes de mi carácter es el orden y la estética en el hogar. Quitando mi dormitorio, que parece un estercolero, el resto de la vivienda está arreglada, limpia y decorada con buen gusto. Pasamos al salón sin tocarnos, todavía no. En un rincón tenía el piano eléctrico. Saqué dos copas de la cocina y abrí un Ribera del Duero. Yolanda se sentó en el sofá para servir el caldo y liarse un cigarro. Le pedí uno.

—Aunque caballero, me apetece mucho probar el sabor de tu saliva —dije al enchufar el piano y sentarme en la banqueta.

—Tócame algo, Milton. Algo suave. Veamos si sois digno de esta dama.

Comencé con un Nocturno, extendí la melodía como si fuera una red de pétalos. La música de Chopin libera los impulsos transparentes. Ella se acercó a mí y después de darle una calada a su pitillo me lo pasó. Puso sus manos en mis hombros. Seguí tocando unos minutos, dejando a la joven que me acariciara el pelo. Alargué la mano izquierda hacia atrás hasta atraparle la nalga con delicadeza. Su culo era un melocotón. La senté en mi regazo. Notó mi erección y se contrajo realizada. Me quitó el cigarro de los labios y lo posó en el cenicero sobre el piano. Colocó mi mano izquierda sobre su pecho y con la suya me sustituyó en las teclas bajas. Empecé a masajearle el seno con ternura, no quería arrebato. Mis dedos se transformaron en hojas de morera. Besé su cuello a cámara lenta, desprendiéndome del tiempo. Cogí su otra mano y la puse al piano. Mientras ella tocaba me quité la chaqueta, la corbata y la camisa. La música paró. Yolanda respiraba aceleradamente, presentí el nudo de su estómago, como una botella de champagne sacudida que va presionando el corcho hacia el exterior. Le quité la camiseta de tirantes y con un dedo recorrí de arriba abajo sus vértebras. Volví a alargar el brazo y cogí esta vez una copa de vino, me metí un buche en la boca y lo dejé caer, empapando su carne de amapola, desde la nuca por toda su espalda. Entonces me incorporé colocándola en alcayata junto al piano. Me desnudé por completo. La desnudé entera. Mis manos abrieron el melocotón. Introduje mi pene entre sus piernas. Sus manos abiertas atronaron las teclas del piano. Y entonces le di la vuelta y la monté. No pesaba mucho. Mi pene la penetró hasta el final, estaba muy lubricada pero su coño era estrecho. Deshice su moño y la besé con pasión. La saliva de nuestras bocas hacía que, aunque separásemos nuestros labios, nuestros besos continuaran. Fui aumentando mi ritmo pélvico. Yolanda gemía y echaba su cabeza hacia atrás. Se corrió colocando sus manos en mis mejillas y besándome sin medida. Yo la seguí lanzando un grito de rabiosa satisfacción. No la solté, la cogí en brazos y la llevé a la cama del cuarto de invitados. La dejé boca arriba sobre el edredón. ¡Qué hermoso cisne era mi patito! Una bella fea, que dirían los franceses. Fui al cuarto de baño y cogí aceite de almendras. Le di la vuelta, me subí a horcajadas a los médanos de su culo y empecé a masajearla hasta que se quedó dormida con placidez. La tapé y regresé al salón para terminar la botella de vino.

Al rato fui a la ducha. Al secarme oí su voz.

—Milton, ¿estás ahí?

—Claro que estoy aquí, Yolanda —dije al aparecer en cueros— ¿me ayudas a limpiarme la herida?

—¡Por supuesto!, ha sido un polvo extraordinario, me ha gustado mucho. Eres veterano, se nota, lo noto, me agrada eso. A ver, ¿qué tengo que hacer?

—Toma este algodón y el desinfectante, pásalo con cuidado sobre la herida y luego úntame esta crema. Para terminar coloca la tirita.

Me senté al uso oriental sobre la cama y la dejé hacer. Trabajaba con delicadeza. Olía bien, sonreía. Se sentía a gusto desnuda, a gusto conmigo. Era preciosa y el mundo no lo sabía. Me recordó a una flor pequeña, de esas sobre las que nadie posa su atención. Cuando terminó, se agarró a mis labios como un pez que muerde el anzuelo. La tumbé y me volqué sobre ella e hicimos el *AMOR* otra vez. El placer que nos regalamos fue espectacular. Hay personas con las que tienes piel, con las que existe una llamada natural a la unidad. Pensé en jugar a Eneas y quedarme una temporada en Cartago con Dido. Al terminar, nos abrazamos. Apagué la luz de la mesilla, estaba agotado.

—¿Milton? —sabía que iba a preguntármelo. Le di un beso en la oreja como respuesta—. Yo no quiero que esto acabe aquí.

—Yolanda, esto acabará aquí, pero no mañana.

—No me importa que seas mayor.

—¡No soy mayor! Solo que tú tienes primaveras y yo inviernos.

—¿Me darás una oportunidad? —dijo al darse la vuelta y besar mi nariz.

—Si me dejas dormir, sí. Son las tres de la mañana y tengo que levantarme en cinco horas para pegarme con mi primo —su rostro mostró sorpresa—. Ambos practicamos el boxeo desde hace años y de vez en cuando nos subimos al cuadrilátero.

—¡Me encantan sus libros!

—Seguro que folla mejor que yo.

—Seguro que hay mil mujeres más bonitas que yo.

—Para mí esta noche no. Me has cautivado con tanta complicidad, tu forma de ser me subyuga. Te aseguro que el sexo, que ha sido fascinante, es lo que menos me ha gustado de ti. Eres una abejita que ha entrado en una flor que yo creía seca y has salido embadurnada de polen. Ahora permite descansar a este anciano.

—Milton.

—¿Qué? —contesté enfurruñado.

—¿No te arrepientes, verdad?

—Me arrepiento de no ser compañero tuyo de clase.

—¡Eres muy lindo!, descansa. ¿Te importa si me ducho ahora?

—Para nada.

—Cuando vuelva limpita te hago una mamada.

—¡Qué menos!

El despertador sonó a las ocho, pero yo llevaba despierto un rato. La cabeza de Yolanda reposaba en mi pecho. Respiraba como un bebé sin miedo a lo ajeno, sin miedo porque yo estaba a su lado. Su mano reposaba en mi cintura. Yo la protegía y ella me protegía. He follado tanto y me he follado a tantas que había olvidado la ternura y la verdad. Y las cosas que merecen la pena son tiernas y verdaderas: la brisa, el olor de la rosa, las estrellas, un verso que se pega a nuestra memoria, una chimenea, una melodía, una chica con toda la vida por delante durmiendo sin miedo junto a ti. Había olvidado que el sexo también es una forma de comunicación, una forma de entender y de hacerse comprender. Siempre cerré la puerta al *AMOR* como un liberal se niega al socialismo. Reconozco que he sido un absoluto egoísta con el sexo. Soy hedonista. Egoísta hijo de puta. Solo me he importado yo y mi placer, pero Yolanda, ¡no sé cómo!, se había colado en la oscuridad de los túneles de mi corazón con una pequeña vela. Aquella sensación se parecía a la de un explorador que enciende su linterna en una enorme caverna y descubre la magia de un espectáculo que nunca ha procurado espectadores. Ella era distinta, ¡tan distinta al resto! Me sentí desarmado y no quería estarlo. Necesitaba tener el control de mi vida para hacerla incontrolable, para no asumir las consecuencias de mis actos. Me gusta la barbarie, pero ella era Roma. El remordimiento es mal compañero de viaje. No te deja disfrutar del recuerdo de un paisaje que has quemado.

Durante toda mi vida me he planteado el goce sexual como una interminable recta en la que no dejo de acelerar mi flamante coche deportivo y donde cada cambio de marcha es una nueva mujer. Normalmente las elijo desquiciadas, débiles, narcisistas, acomplejadas, amargadas, individualistas, para pasar la noche, las noches, semanas a lo sumo. Aquellas que me tildan de machista son las primeras en caer. La mujer que odia al varón como género, lo odia por no ser deseada como a ella le gustaría y eso la convierte en presa fácil. Las mujeres que radicalizan el feminismo hasta convertirlo en amazonismo son, en definitiva, seres humanos amargados y llenos de veneno que culpan a otros de sus males. Cualquier ser humano quiere mandar y sentir que su vida es importante. Todas las mujeres enarbolantes de la bandera del amazonismo que he conocido (han sido varias) son malas personas. No buscan el bien de su género, sino una causa que les dé poder y mando. Están hambrientas de protagonismo. Representan el peor de los males: el discurso intolerante. La verdad que habla de luz democrática pero quema la convivencia heterodoxa. Buscan la confrontación como línea de flotación de sus vidas. Así como existe un machismo casposo, grueso, de barra, injustificable pero irreductible en la mayoría de los varones perdedores, de los tipos que no valen nada, existe también su anverso genérico. Recuerdo una ocasión en la que, estando con un grupo de personas, discutí con una tal África, amiga de una amiga, sobre el machismo y el feminismo. ¡Qué gritos, que agresividad! Llegó a tildar de acoso la atracción en el trabajo. Yo le contesté que no era malo que médicos acabasen con médicos; profesores con profesores; músicos con músicos. La atracción educada es hasta aconsejable. Al final, harto de ella, tuve que decirle que su problema no era otro que su fealdad, que nadie se la follaba y que por eso estaba envenenada. «¡Cavernícola!», me gritó en ademán contenido de pegarme una torta. Luego, todo digna, se fue dando un portazo. Hubo unos momentos de silencio en el grupo. Nadie miraba a nadie, la crispación todavía refulgía. No sé quién rompió la tensión con un comentario frívolo y volvimos a divertirnos. Las risas regresaron. La tal África y su postura vital solo fueron capaces de generar conflicto, un conflicto innecesario pero que le había convertido en el centro de atención por unos instantes, como un nombre que se escribe con el dedo en la orilla de la playa sin tener en cuenta la tozudez del mar en remover la arena.

Yolanda no era así. Veintitrés años; con ganas de ayudar a la sociedad; feliz con su cuerpo sin necesidad de adornos; dulce pero sin empalagar; frágil pero irrompible; con una inteligencia religiosa, es decir, que invitaba a la comunión con sus ideales; de conversación interesante. ¡Joder! Ella podría curar mis heridas, lo sé, con su sonrisa; sabría devolverme a la civilización con sus inquietudes; tendría el mando a los pocos meses de vivir con ella. Recordé entonces las sabias palabras de don Gregorio Marañón: *Pero una mañana remota y memorable, cuya fecha representa infinitamente más para el progreso humano que todos los descubrimientos de nuestros siglos, ocurrió este maravilloso suceso: al levantarse el hombre, bronco e hirsuto, de su lecho de hierbas, después de haber cumplido con la hembra que estaba a su alcance la ley del instinto; reposado por el sueño de esa tristeza que invade al animal después de amar, se sintió transido de una tristeza mayor, que era el tener que abandonarla. Y volviéndose a ella, que aún dormía, brilló en sus ojos, desde el fondo de las cuencas redondas, por vez primera en la historia del mundo, una luz maravillosa que era el amor.*

Abandoné la cama con cuidado. En la cocina cogí una botella de agua fresca y un vaso para dejárselos en la mesilla de noche. Me quedé atontado mirándola, ¡joder!, me recordó tanto una pastora dormida en un prado, bajo la protección de un solitario árbol que sonreía a sus sueños. *La razón de la sinrazón que a mi razón se hace.* Yo la hubiera soltado en mitad de un bosque para que los unicornios acudieran a su seno y se quedaran dormidos junto a ella. Fui a mi dormitorio y me puse el uniforme de boxeador. También cogí una muda para cambiarme en casa de mi primo e ir decente al encuentro con la doctora Cadman. Antes de salir de casa recogí un poco el salón, abrí la ventana, corté un pensamiento recién nacido y se lo dejé en mi lado de la cama junto a mi tarjeta de visita.

Ya abajo saludé a los policías de paisano. Les di las gracias con dos billetes de cincuenta y les dije que podían marcharse. A los pocos metros saludé al detective de *B&S investigaciones*. Estaba en su coche. Tenía pinta de *freaky*. Pelo largo en la nuca y tonsura monacal, gafas de pasta marrón y barba desaliñada. Camiseta negra de la Guerra de las galaxias y música del grupo Leño en la radio. Alberto Chezpe tenía razón, me había puesto al peor de sus hombres. Seguro que era hijo de alguien estratégico para mi amigo. Golpeé con los nudillos el cristal de la ventanilla.

—Voy a casa de mi primo a hacer deporte. Volveré en cuatro horas. Si quieres aprovecha y descansa.

No contestó. Se limitó a mover la nariz como un conejo. Pasaba justo un taxi y lo cogí. Parafraseando a Melville, tuve un mal presentimiento de escarcha que el sol de mi imprudencia derritió al instante. Le pregunté al conductor si tenía un periódico. Me ofreció el *20 minutos*. Empecé a leer los titulares y a mirar las fotografías cuando me detuve en una noticia que me puso los pelos de punta. El catedrático de medicina Luis Corral ofrecía treinta mil euros a los familiares de aquellas personas que fallecieran el próximo martes entre las nueve y las diez de la noche y donaran su cuerpo a la facultad de Medicina de San Jorge. El periódico señalaba que el miércoles se abría el VI Simposio Internacional de Neurología y que el doctor Corral tenía la intención de hacer público un descubrimiento asombroso. Mi antiguo compañero había estado ensayando con los cerebros de al menos seis inocentes y ahora se disponía a realizar su truco de prestidigitador sin miedo al error. Aquello me perturbó sobre manera. El taxi llegó a su destino. Pagué y apunté en el cuaderno de mi memoria el número de licencia, 270974, siempre lo hago. Hábitos de policía.

Carlos Vértebra vivía la mitad del año en un chalet a las afueras de Madrid. Tenía un enorme jardín con piscina y un gimnasio cubierto con su ring particular. Me recibió con dos besos y un abrazo de los que paran el reloj. Tomamos un zumito de naranja, de sus árboles, antes de empezar a pegarnos. Era bueno, no mejor que yo, pero conocía mis puntos débiles (mi guardia derecha baja por ser zurdo, mi falta de fuelle, mi gancho izquierdo con el codo demasiado alto y mis dos costillas rotas una y otra vez). Calentamos diez minutos en silencio saltando a la comba. Nada más subir al cuadrilátero me dejó de piedra.

—Primo, me muero. Tengo un cáncer de pulmón en estado terminal —me confesó y empezó a moverse por la lona.

—¿Cuánto te queda? —le contesté atónito, yendo a por él. Me esquivó bien.

—Como mucho seis meses.

—¡Maldita sea!, ¿qué tienes pensado hacer? —recibí un directo en la frente.

—Marcho mañana o pasado mañana al cortijo familiar. No voy a decírselo a nadie. Mantén el secreto, ¡umm! —le había cazado el estómago.

—No te preocupes, ¿necesitas algo de mí? Cuenta conmigo para lo que sea.

—Voy a hablarte con franqueza. No tengo hijos ni esposa y tampoco estimo en mucho a mi familia, salvo a ti, ya lo sabes. ¿Quieres que te deje algo en especial?, soy un tío rico, muy rico —aprovechó mi sorpresa para zurrarme en un izquierda-derecha-izquierda.

—¡Quiero que no me dejes, coño!

—He vivido bien, he gozado mucho y he hecho casi siempre lo que me ha dado la gana. No puedo quejarme. Si no quieres nada en especial, disfrutaré haciendo mi testamento.

—Si te apetece pasaré contigo el tiempo que quieras en el cortijo.

—Te lo agradezco, pero voy a dedicar el tiempo que me queda a buscarme. Soy un gran desconocido para mí mismo. Prefiero estar solo —dijo y me dio en las costillas. Levanté el brazo pidiendo un *break*.

—¿Crees en Dios? —pregunté con las manos en las rodillas recobrando el aire.

—*I just believe in me* y no tengo Yoko.

—Pues yo creo que acabo de encontrar a la mía y estoy acojonado —empecé a darle sin ton ni son—. La sorpresa me ha desarmado. Siempre he sido tan capullo que he mentido para que me amaran, pero esta vez, primo, esta vez...

—Hay que joderse. Si mi muerte sirve para que te emparejes, no habré muerto en vano —se apartó a un lado, tropecé y me asestó un gancho de izquierdas que me llevó a morder el polvo. Victoria por *ko*.

Después de la ducha desayunamos en su enorme cocina. Me contó el calvario de la enfermedad. Cómo la había ocultado a la gente cercana, cómo había luchado, cómo había perdido. Al ser una persona especial, tocada por los dioses (puedo aseguraros que era un individuo imantado y mágico), afrontaba la muerte con una extraña serenidad. Aprendí mucho de su muerte para no temer a la mía. Carlos era transparente como el cristal y cortante como el vidrio. Sus palabras traducían un pensamiento que refleja un alma buena llena de dolor. Él me sacó información sobre Yolanda y rio a mandíbula batiente. El cazador cazado por una cervatilla. Me recomendó que me dejara llevar y que en los momentos de pánico imaginara dónde me gustaría estar. Si la imagen proyectada por mi mente resultaba ser un bar y alcohol o unas putas, entonces la relación merecía la pena (la tentación que acaba en pecado es aquella que hace daño a la otra parte), pero si mi imaginación boqueaba una escena donde saciaba inquietudes intelectuales y afectos emocionales con otra persona (el pecado que acaba en tentación no hace daño a la otra parte) debería poner punto y final a la vida marital. Me consideraba un ser salvaje, indisciplinado y ególatra, así que me rogó que no hiciera daño gratuito a la chica, tendría que aprender a dominar mis impulsos, estaba muy mal acostumbrado. En el momento en el que uno ama deja de ser solo uno. Amar es dar, saber dar. Recibir queremos y sabemos todos. El abismo en la edad me obligaba a la responsabilidad y a la tolerancia. Debería tener detalles, esas pequeñas cosas que demuestran que el barco no navega gracias al viento sino al esfuerzo de los remeros. Hizo especial hincapié en la fidelidad. Ser infiel, aseveró, es semejante a cortar una flor. La pureza, el color, el aroma ya están condenados a morir por un impulso inútil. Todo varón siente la llamada de la infidelidad, pero una relación sentimental está jerárquicamente por encima de esta inercia. Me aseguró que la vida me había guiñado y me recitó unos versos de Roberto Juarros: *entre el pensamiento y la sangre/ hay un breve relámpago/ en donde sobre un punto se sostiene el amor.* Ahora que mi primo está muerto no dejo de agradecerle que dedicara nuestra última conversación a darme consejos. Le echo de menos. Lástima que el Destino fuera tan despiadadamente cruel.

Carlos avisó la noche anterior a Eva Lizcano de que iría a visitarla con la excusa de preguntarle algo sobre un nuevo personaje femenino de su última novela. Llegamos a la calle Jordán 15. Nos abrió la actriz. Vestía de manera desenfadada, pero su rostro reflejaba horas delante del espejo para estar guapa ante mi primo y olía a ganas de verle. Me percaté de que sus fosas nasales tenían forma de ñ, es decir, con un ligero pellizco de carne en la parte central. Se extrañó con mi presencia, pero Carlos le cogió las dos manos y le dijo que confiara en él ciegamente. Pasamos hasta el salón, una habitación diáfana con una cristalera gigantesca que daba a una terraza privilegiada desde donde se robaban unas vistas maravillosas a Madrid. La actriz nos ofreció café, yo le pedí, por favor, un té chino (exactamente la marca que había encontrado en casa de la doctora Cadman), Carlos se apuntó a un cortadito. Cuando regresó de la cocina con mi té, supe que la doctora Cadman estaba allí y empecé a hablar.

Capítulo XI

Todas las lágrimas que derrames
a lo largo de tu vida
no saciarían a un sediento.

—¡Doctora Cadman, sé que puede escucharme, me llamo Milton Vértebra!— grité mirando al dintel del salón que daba inicio a un oscuro pasillo mientras ponía mi teléfono en modo silencio. No quería ninguna interrupción. Mi primo sujetaba con delicadez a Eva Lizcano por la rodilla y repitió su gesto de confianza—. Estoy aquí para ayudarla, no me tema. Sé que Luis Corral la busca para matarla. Conmigo casi lo consigue. Estuvo a punto de abrirme la cabeza como si fuera una lata de atún, él y su ayudante Eduardo Calvo, quien por cierto, está muerto. Soy amigo personal del inspector Rodríguez de Ávila, encargado de la investigación de unos crímenes que no le son del todo desconocidos. No se preocupe, la Policía no va a por usted de momento. Si me hace caso no le van a pedir responsabilidades, si es preciso pactaremos con el fiscal, pero necesitamos su colaboración. Ayúdeme a ayudarla. Solo queremos atrapar a Luis Corral. Usted se ha convertido en nuestra única opción.

—Él no se dejará coger fácilmente, su inteligencia roza la impunidad. No va a renunciar a sacar a la luz nuestro descubrimiento en el simposio de pasado mañana. Es diabólico y perverso, inhumano,ególatra, despiadado. Me matará, no es que le moleste lo que sé de sus atrocidades, ¡que ya es mucho!, es que, en el fondo, no desea compartir con nadie el hallazgo —dijo la doctora Cadman al salir por el oscuro pasillo. Me recordó a un espíritu que se niega a abandonar su carne.

Estaba muy desmejorada en relación con las fotografías que había visto en su casa. Con grandes ojeras negras y pálida la piel, como leche aguada. Pelo sin cepillar y rostro sin maquillaje. Representaba la hermosura aterrada. Aun así, sin lugar a dudas, tenía una belleza inteligente y una inteligencia bella. Sus ojos azules parecían dos lagos en mitad de un trigal agosteño. Vestía un traje rojo largo y ancho. Sus pechos combatían con éxito a la gravedad y su culo respingón era fantástico. Se acercó hasta nosotros y tomó asiento entre Carlos y Eva para subir las piernas al sofá y agarrarse las espinillas con las manos. La actriz y anfitriona fue a la cocina a prepararle una infusión a su refugiada. Saqué un cigarro y lo encendí, busqué cenicero y, al no encontrarlo, apuré de un trago mi té y me dispuse a utilizar la taza como tal. A la actriz no le gustó el olor a humo, pero no se atrevió a contradecirme. Había muchísima tensión en el ambiente.

—He hecho creer a Luis Corral que la voy a entregar por dinero. Lo haremos esta noche pero no se preocupe, estará usted escoltada en todo momento. Yo mismo permaneceré a su lado sin descanso. La única manera de acabar con Luis Corral es cazarle intentando matarla. Después de comer vendré a por usted y la llevaré a mi casa. Una vez allí Luis Corral recibirá la llamada de un detective que ha contratado para seguirme, le dirá que yo he salido de casa y que tardaré unas horas en volver. Recemos, entonces, para que intente matarla, doctora Cadman. El simposio de pasado mañana se ha vuelto nuestro mejor aliado. No tiene mucho margen de maniobra. Le estaremos esperando. Usted no corre el más mínimo peligro y podrá volver a la normalidad, yo pierdo cincuenta mil euros y la policía cierra un caso irritante.

—Señor Vértebra, ¿por qué no ha venido el inspector en persona? —preguntó ella abriendo las manos en señal de extrañeza.

—Porque hasta hace escasos segundos yo no había renunciado al dinero. Soy un sentimental, mi codicia tiene arrancada de caballo pero parada de burro. Quiero acabar con ese hijo de puta, no lo dude. ¡Ay, me hubiese gustado algo de mordida! Sin embargo, al verla me he arrepentido de exponerla al peligro. ¡Maldita caballerosidad! En mi casa estará segura. Carlos Rodríguez de Ávila no sabe que hablo con usted en estos momentos. Pero si se queda más tranquila llame al 091 y pregunte por él y cuénteselo todo. Sin embargo, creo que será mejor que atrapemos antes a Luis Corral. Puede, debe, necesita, usted, confiar en mí. Cuando la policía venga a por él a mi casa esta noche tendrá usted más fácil el desmarcarse de los crímenes, ahora mismo está demasiado pringada. El factor sorpresa es necesario. No se caza a un tiburón con trampas sino con cebo.

—Tiene pinta de golfo, Milton, de golfo honrado. De hombre que huye de sí mismo porque no se gusta, pero a mí me gusta. Lo cierto es que no aguanto más encerrada.

He abusado con creces de la amistad —Eva iba a intervenir, pero Carlos la contuvo—. Echo de menos mi día a día. Amo mi trabajo. Esto no puede terminar de una manera sencilla. O conseguimos que lo encierren o acabará conmigo. Ha perdido el juicio a causa de la ambición. ¿Seguro que la Policía perdonará mi silencio? Yo nunca supe nada a ciencia cierta, tuve sospechas. Lamento haber sido cobarde. Me pudo el éxtasis de una investigación única en la historia. Le juro por mi hija que cuando mis sospechas trocaron en indicios era ya demasiado tarde. Luego, aquel gigantón persiguiéndome en el parking de la Facultad me asustó tanto que opté por lo irracional y decidí desaparecer para aclarar ideas.

—Ese gigantón también está muerto, yo mismo vi cómo le sacaban el cerebro. Le agradezco la confianza, no voy a fallarle. Atraparemos a Luis Corral y usted podrá demostrar su inocencia. Si la policía la coge a usted antes que a Luis Corral dé por seguro que ese canalla sabrá cómo zafarse de las acusaciones. Necesitamos pillarlo con las manos en la masa. Ahora, si no es abusar, voy a pedirle dos favores.

—Señor Vértebra, Milton…. si están en mi mano delos por hechos —se la notaba mucho más distendida, como liberada de un insoportable peso.

—Dígale a su amiga Eva Lizcano, ¡gran actriz, por cierto!, que me ponga un whiskito o algo homologable y cuénteme, ¡por Dios!, de qué se trata ese descubrimiento que parece tan importante. Un descubrimiento capaz de acabar con seis vidas inocentes; un descubrimiento por el que alguien sumamente inteligente no duda en introducirse en el fango moral. Un descubrimiento único e histórico. Mi curiosidad, algo maleducada, no soporta tanto secretismo.

—Milton, está bien, se lo diré. El doctor Corral y yo hemos hallado algo fascinante —su voz reflejaba pasión y locura. Dejó pasar unos instantes como si estuviera convocando un sacramento—. ¡El alma!, el alma existe y nosotros hemos sido capaces de presenciar cómo abandona el cuerpo una vez fallece la persona. Todavía me sobrecojo al reconocer el calado de nuestro trabajo.

—¡Virgen del Carmen, patrona del mar!, explíquese más, mucho más, y mejor, mucho mejor, porque si no voy a pensar que ando delirando —miré a Carlos y vi que su rostro también mostraba estupefacción—. Primo, ¿ves cómo merece la pena ayudarme?

—Hace años el doctor Corral y yo empezamos a grabar el proceso del deterioro cerebral tras la muerte. Queríamos analizar qué partes del cerebro sucumben primero a la inexorable rueda de la existencia con el fin de intentar el cultivo en laboratorio de aquellas células cerebrales más resistentes a la degradación biológica. Trabajamos muy duro en el campo del trasplante cerebral. Al principio grabamos con cámaras de alta resolución calorífica. Nos dimos cuenta de que el cerebro se apaga como los restos de una lumbre. No voy a entrar en temas complejos, no quiero ser petulante. Mi profesión es extremadamente compleja. Le hablaré con términos asequibles —se interrumpió a sí misma sin darse cuenta de que se había puesto de pie—. Luego, la Universidad de San Jorge se hizo con cámaras que recogían impulsos y ecos eléctricos. ¡El cerebro todavía se mueve después de la muerte!, como el rabo de una lagartija. Por último, hace un año, junto con las resonancias magnéticas, empezamos a usar cámaras de espectro ultra violeta. Y entonces ocurrió.

—¿Qué? —gritamos Carlos y yo al unísono. Eva había traído una botella de vodka. Con cierta discreción me acompañaba en el noble arte de empinar el codo. Con un gesto de paz me dio permiso para fumar con tranquilidad.

— La primera vez no reparamos en ello, pensamos que sería una impureza de la película. Un pequeño punto de luz incandescente, del tamaño de un lunar, abandonaba el cerebro desde la hipófisis, ¡Descartes tenía razón!, ¿cómo lo habría descubierto?, eso sí que es un misterio apasionante. ¡Él dijo que el alma residía ahí! ¡En el siglo XVII! El pequeño grano de luz aparecía una y otra vez. Lo constatamos en más de veinte cerebros diseccionados primero, y en más de diez cadáveres después. Se elevaba hasta salirse del encuadre de la cámara de grabación. Más o menos doce horas después de la muerte. El patrón se repetía sin excepción. Luego, usando espectrómetros de intensidad luminiscente descubrimos que ese pequeño punto de luz brillaba con más intensidad que el sol, pero en una frecuencia lumínica invisible para el ojo humano, ¡tenía una potencia de radiación incomparable!, ¿se imaginan poder encerrar en un punto hecho con un bolígrafo toda la luz de todas las bombillas de España y no poder verlo a simple vista? Desde el principio nos dimos cuenta de que nuestra materia prima, los cerebros, iba a ser muy difícil de conseguir. Hicimos infinitas pruebas con animales, con mamíferos, aves y reptiles, incluso con algunos insectos y nada de nada. Solo los humanos tenemos ese botón de luz que nos abandona al morir. Colocamos planchas de madera, de arcilla, de metal, planchas radiadas nuclearmente en el camino de nuestra hebra de luz. Nada podía detener su ascenso. Presenciábamos cómo abandonaba nuestro laboratorio atravesando el techo. Comprenderán que aquello nos obsesionara hasta la demencia.

»El siguiente paso fue intentar encontrar el alma cuando el ser humano está vivo, digámoslo así, pero no hubo manera. Usamos hasta microchips eléctricos de barrido que introdujimos en algunos pacientes del hospital del Dragón sin que ellos lo supieran. Arístides Valentín fue uno de ellos. Mientras el individuo no muere parece que el alma no existe. Hicimos, lo juro hasta el agotamiento, decenas, centenares de experimentos, incluso bombardeamos a un paciente con neutrones ionizados buscando estimular la metamorfosis de la hipófisis, que el doctor Corral llegó a llamar «crisálida». Nada de nada. Solo la muerte despierta ese punto de luz. En una ocasión dividimos la hipófisis del cerebro de un cadáver en cientos de pedacitos. Usamos todos los microscopios de la Facultad. A las doce horas, de uno de los trozos más diminutos, no llegaba a los cinco milímetros, brotó el alma. No hemos sido, de momento, capaces de vencer el misterio de la localización del alma en vida.

»Nuestro último experimento lo realizamos con un sofisticado equipo de seguimiento astronómico. Llevamos una noche apacible el cerebro de una persona recién fallecida a la azotea de la Facultad y nos dispusimos a grabar la marcha de su alma. Queríamos saber hasta dónde y cómo era capaz de elevarse el punto de luz. ¡Aquello fue increíble, increíble! Mirad, todavía se me ponen los pelos de punta.

»El alma subió y subió en leves espirales, nuestro equipo pudo mantener su pista hasta un kilómetro de altura. Luego lo perdimos, ¡hablamos de un diminuto grano de luz invisible en nuestro espectro! Sin lugar a dudas nuestras almas van al cielo. El cielo del que hablan las religiones es un cielo físico. Somos fruto del polvo cósmico y al cosmos volvemos. Y lo más sorprendente de todo es que las almas viajan a distintas velocidades, es decir, ascienden todas, pero algunas lo hacen más rápido que otras. ¿A dónde irán? ¿Cuál será su destino final, habrá una única meta para todas las almas o existirán varios lugares? Estamos hablando de una cantidad enorme de energía viajando hacia las estrellas. La energía no se destruye, se transforma. ¿Tendrán conciencia esas pequeñas bolitas de luz, seguirá nuestra esencia humana ahí dentro? Parece ciencia ficción pero puedo aseguraros que estos ojos que se van a comer los gusanos lo han visto.

—¡Jesucristo! —exclamé al agarrar la botella de licor de patata—. Es algo sensacional.

—Lo sé, Milton. A pesar de encontrarnos en el umbral de todas las incertidumbres. Él lo sabe también y quiere la gloria a cualquier precio. No ha dudado en matar para conseguir cerebros, no dudará en acabar conmigo para ser el único que pase a la Historia de la ciencia.

—¡La Historia de la Humanidad! —matizó Carlos quitándome el vaso y bebiendo un sorbo largo. Después de tragar pude reconocer en sus labios una sonrisa. ¡Él iba a morir y se acababa de enterar de que había alma!

Permanecimos unos minutos callados. Mirando al suelo o a los cielos de Madrid que se asomaban a la barandilla de la terraza. Me acordé de unas palabras que leí en algún lugar: *La muerte tiene tanta imaginación como la vida*. El silencio se cardaba, nadie quería hablar con el otro. No era necesario, en algunas ocasiones la palabra es taumaturgia y el alma, ¡ah, el alma!, necesita cosas sencillas. Nosotros asimilábamos una noticia revolucionaria y la doctora Cadman asumía que tendría que prestarse a ser cebo humano para que la policía lograra atrapar a Luis Corral. Yo me encendí un cigarro y jugué con su humo. Lo inhalé ruidosamente, como si triturara maíz. Rompió el mutismo Eva Lizcano con una reflexión que podía compararse a los aplausos del público que vienen justo después de esos instantes de silencio cuando la orquesta ha terminado de tocar.

—El alma me parece algo bonito, ¿no es triste que se haya descubierto así, con asesinatos y mentiras, con hambre de gloria mundana y miedo? Espero de corazón que cuando el alma, nuestra alma, parta hacia su desconocido destino no lleve consigo nada humano. Desde que Tamsin me contó su descubrimiento sueño con que la codicia, el egoísmo, la maledicencia, el rencor, la ambición desmedida, sueño con que todo eso se quede en la carroña, se pudra en la tierra y lo devoren sin misericordia los insectos. Una vez muertos tenemos la oportunidad, la segunda oportunidad, de ser puros. Ya le he dicho a mi amiga que no me gusta cómo se ha descubierto el alma, demasiada ruindad, quizá habría que silenciarlo y esperar a otro descubridor más digno y piadoso.

—Amén, actriz, amén, *somnia dea missa* —sentencié palmeando mis muslos.

—*A pesar de sus ignorancias, sus errores, sus pecados, sus recaídas en la barbarie, sus alejados extravíos fuera del camino de la salvación, el hombre avanza lentamente hacia un mañana mejor.* No sé dónde lo leí pero se me adhirió a la memoria —rezó Carlos a la par que perdía su mirada más allá de la cristalera del ático.

—No parece que el doctor Corral vaya a silenciar el hallazgo —intervino la doctora Cadman—. Hoy he leído en la prensa que ofrece dinero a quien le done cadáveres. Quiere hacer una presentación por todo lo alto. Ya me imagino la puesta en escena, con la salida de un alma hacia el cielo en directo. Circo, ¡qué triste! Creo que estoy de acuerdo con Eva, si al final cazamos a Luis Corral y le desacreditamos y metemos entre rejas, no desvelaré la investigación. Mis manos no están manchadas de sangre, pero sí mis ojos. No soy digna del alma. Perdí mi oportunidad.

—¡Ok, en marcha! —exclamé interrumpiendo la reflexión intimista y castigadora de Tamsin—. Deme su número de teléfono, Eva. Después de comer la llamaré, doctora Cadman. Esté preparada. Con un golpe de viento a favor esta noche habremos acabado con todo. ¿Nos vamos, primo? —le dije a Carlos. Él miró a Eva, Eva lo miró a él y negó con la cabeza.

Carlos y yo nos despedimos con un abrazo fundido, aquella iba a ser la penúltima vez que nos viéramos. Sus palabras fueron unos versos del Mío Cid: *assis parten unos d'otros commo* uña de la carne. Yo no pude por menos que, después del descubrimiento de la doctora Cadman, responderle con otros: *aun todos estos duelos en gozo tornarán.* Las lágrimas empezaron a aporrear la puerta de mis ojos.

Decidí pasear un poco para dejar que las aguas de mi mente se despejaran. Empecé a dar vueltas a la manzana.

Aquel fue, ha sido, es y será, el momento más trascendente de mi puñetera vida. ¡Tenemos alma!, ¡alma, alma, alma! Si hay alma, hay Dios, y Dios trae la salvación... para algunos. Espero que, cuando me toque alzar la mirada hacia el Creador y mi corazón regrese al manantial del AMOR, se me perdonen mis intenciones, casi siempre desencuadernadas, y valore alguna de las acciones buenas que he realizado. Me he portado mal conmigo mismo, muy mal con algunas mujeres y normalmente bien con quien me pidió ayuda. En cualquier caso el infierno no debe ser peor que la soledad y una resaca de champagne, así que tampoco pasa nada si me desechan en la tienta. Pasaría toda la eternidad siendo, en definitiva, yo mismo y ya me he acostumbrado a soportarme.

Volví a conectar el teléfono después de mirar la hora. Eran las dos y cuarto. Debía llamar a Carlos Rodríguez de Ávila para ponerle al corriente y dar la voz de activación de nuestro plan. Al poco de marcar el número secreto, mi móvil empezó a pitar como un descosido. Había recibido cinco llamadas del inspector y una de Alberto Chezpe. Nada bueno, farfullé. Cinco llamadas de quien solo ha de hacerlo una vez, si acaso, son muchas, y una de quien no tiene por qué hacerlo son más. Me puse en contacto primero con Carlos.

—Carlos, perdona. Soy Milton. Todo está hecho. El juego empieza. Escoge a dos buenos hombres y que recojan a la doctora Cadman en la calle Jordan 15 después de almorzar. Que la lleven a mi casa...

—Milton —Carlos me interrumpió presa de la necesidad por decirme algo tangencial—. El hijo de puta de

Luis Corral me ha puesto una denuncia por acoso. Me han retirado del caso. Ha debido tocar algún hilo de arriba. ¡Mierda de influencias! El apartamiento de la investigación ha sido fulminante. El comisario principal me ha dicho que la orden viene directamente del despacho ministerial. Y eso no es todo. A ti te ha puesto una denuncia por amenazas. Además su abogado te ha demandado por agresión. Le han colocado protección en su vivienda. Asegura que ayer lo amenazaste de muerte y que le pediste dinero.

—¡Madre mía, qué mala sangre corre por las venas de esos dos! Seguro que a sus madres las violó un banquero. No te preocupes. Nosotros a lo nuestro. ¿Tienes dos buenos hombres?

—Sí, a Pintos y De Vicente. Confío en ellos como en ti. Trabajaron conmigo en el caso de tu tío. Son amigos y confidentes.

—Perfecto, pues que estén a las cuatro en donde te he dicho y que me traigan a la doctora a casa. Vente tú también antes de que anochezca. Le diré a Chezpe que ordene a su sabueso llamar a Corral para que le ponga la miel en los labios con la idea de que la doctora está sola en mi casa y que yo tardaré un rato larguísimo en regresar. Va a caer en la trampa. Te lo aseguro. Su margen de maniobra es muy estrecho. ¿A quién han puesto para dirigir la investigación?

—A Camponero, un tipo que planta puñales en toda espalda que se ponga en su camino —contestó en un bufido.

—Buff, lo conozco, te odia a muerte porque eres feliz. Es un tipo amargado, un mal compañero. Peligroso. El corazón se lo habita un quilópodo. Es de esos liberales que pontifican al resto de la humanidad tratándoles de imbéciles. Lo conocí en un curso. Llevaba tantas plumas y bolígrafos en el bolsillo interior de su chaqueta que parecía el órgano de la catedral de Burgos. Tendremos que buscar ayuda en otro lugar. Llamaremos si hace falta a Manolo Villegas.

—Ya lo he hecho. Contamos con él. Es un gran tipo. Capaz de no hacerte caso en años, pero cuando lo necesitas, cumple hasta el final. Ya sabes lo que dice: *Si no te llamo es o porque no puedo o porque no me apetece.* Él nos dará cobertura llegado el momento y corroborará lo que afirmemos. El Cuerpo ya no es como antes, ahora casi todos quieren medrar políticamente. Camponero buscará el medio de acabar conmigo antes que resolver el caso. No le he dicho ni mú sobre la doctora. Estoy escribiendo el informe final del caso muy despacio, debería entregárselo por correo interno, pero que se joda y que venga a mi despacho a por él, ¡a ver si tiene huevos!

—Bien hecho. Con un poco de suerte, si lo atrapamos esta noche, no tendremos que pedir el auxilio fraternal de nadie ni soportar el olor a mierda de tanto presuntuoso. El testimonio de un inspector, de un detective privado y de la propia víctima, más lo que grabemos, ¡tráete cámaras para colocarlas en mi salón!, eso no lo tumba ni Cicerón. La declaración jurada de la doctora Cadman sobre los hechos anteriores servirá de remate. ¡Es nuestro, Carlos, es nuestro!

—Ojalá nos sonría la suerte. Su desesperación por la cuenta atrás para el simposio de neurología es nuestra asidera. Me recuerda mucho a un pulpo, se está escapando por la tinta que echa, pero sus tentáculos nos atacan por la espalda.

—Pues, vamos a meterle un corcho en ese culo sabelotodo. Hablamos luego, que tengo que llamar a Chezpe. Un abrazo —colgué y busqué el nombre de *B&S investigaciones*. Cuando me pasaron con Alberto, su voz estaba excitada.

—Milton, disculpa que te moleste, pero el imbécil de mi hombre, en un exceso de celo profesional, ha llamado esta mañana a Luis Corral para comentarle que tú te habías ido a boxear con tu primo, que ibas a tardar cuatro horas, y que en tu casa dejabas a una mujer sola.

—¡No me lo puedo creer! —el estómago se me encogió y empecé a correr por instinto.

—Luego me ha llamado a mí para decirme que ha visto cómo entraban en tu edificio dos gitanos rumanos con mala pinta. Salían a la media hora con mucha prisa. Lo único bueno que ha hecho este gilipollas ha sido fotografiarles. Ya he revelado las fotos. Mientras hablo contigo estamos averiguando quiénes son los matones. Espero que la chica esté bien, amigo. Lo siento muchísimo. He despedido a ese gilipollas.

—¡No,no,no! —grité al subirme a un taxi.

Capítulo XII

*En la mirada de la oveja
solo hay miedo,
en la del lobo no solo furia.*

Su cuerpo estaba lleno de moratones. La habían profanado. Se habían ensañado con ella. Le taparon la boca con la funda de la almohada. La violaron antes de estrangularla. Tenía las uñas rotas de defenderse, guardaba en la mano izquierda la flor de pensamiento que yo le había dejado. Tanta brutalidad era animalmente humana, injustificable. Cuando abracé su cuerpo desnudo la fealdad de su carne, reventada a golpes, parecía condenarme. Sus ojos abiertos reflejaban un último pánico. Todavía estaba caliente, como una brasa que va a desaparecer inexorablemente. Mi cerebro reprodujo aquellos últimos instantes de vida. Imaginé a Yolanda aterrorizada, indefensa, a merced de la maldad de aquellos monstruos. Reverberé sus gritos atrapados en la garganta, sus arañazos inútiles, su dolor inmenso. Ella había muerto por mi culpa, la habían asesinado de una manera cruel. Una rabia incontenible se apoderó de mí. Mi corazón era un loco golpeándose de remordimientos contra la pared y mis manos temblaban como la estructura de una campana después de que el badajo la hubiera sacudido. Comencé a llorar con desconsuelo mientras yo mismo me sacudía sin mesura el rostro con los puños cerrados. Tapé el cuerpo con la sábana manchada de sangre. No podía soportar aquella visión. Vino a mi mente, no sé por qué, la imagen de un mar lleno de suciedad, de basura flotando, de manchas putrefactas sobre la cristalina superficie del agua. Un hambre de castigo dominó mis intenciones. Cogí el teléfono y llamé a Chezpe.

—Pon a todos tus hombres, ¡a todos!, a trabajar en la búsqueda de los dos gitanos rumanos. ¡Alberto, quiero saber dónde se esconden!

—¿Cómo está la chica? —me contestó en un presentimiento.

—No preguntes, no te metas en esto. Quiero que encuentres a esos hijos de puta, cueste lo que cueste. Te pagaré lo que sea. ¡Los quiero ya!, ¡necesito saber dónde están!

—¡No voy a cobrarte nada, cojones! Solo te pido un poco de tiempo. Los encontraré sin duda. Te llamo en cuanto sepa algo. Pondré todos mis medios, amigo, sobre su pista ahora mismo. Lo siento mucho.

Colgué sin despedirme. Fui a la cocina y me puse un vaso de whisky y luego otro. El tercero se puso solo. El alcohol me abrazó. Encendí un cigarro y comencé a dar vueltas por el salón. En mi alma retumbaba una lección de mi padre: *no te dejes arrastrar por la ira, agárrate a la reflexión primero. Lo que no significa que una vez calmado no actúes con la misma contundencia que tus primeros instintos.* Tenía dos cosas muy claras. Iba a matar a los dos gitanos rumanos e iba a matar a Luis Corral. No me importaban las consecuencias. La vida de Yolanda valía más que mi futuro, mucho más. Necesitaba sosegarme para poder consumar mi venganza, no para medir sus consecuencias. No me importaba si la riada me llevaba con ella, lo único que quería era provocar el desbordamiento. Regresé de nuevo al dormitorio para coger el móvil. La silueta del cadáver bajo la sábana me estremeció, la tela se empapaba de sangre. Una pluma invisible que escribía una última voluntad, un adiós precipitado de quien no tenía pensado marchar. La mano se me fue a la boca sin querer y comencé a llorar de nuevo. Marqué el número de Rodríguez de Ávila.

—Carlos, anoche me traje a una chica a casa —me costaba respirar—. Luis Corral, de la mano de dos sicarios, la ha matado pensando que era la doctora Cadman. Tengo el cadáver en mi habitación. Estoy en un punto de no retorno. Aléjate de mí, no quiero salpicarte. Ahora mismo soy un amigo corrosivo.

—¡Joder, Milton! Adivino lo que pretendes hacer. Procura no dejar huellas. Prometo quitarme las gafas si me toca la investigación. Un consejo, te hablo por experiencia. Hazlo solo si estás seguro. Cómprate un móvil de prepago y mándame un mensaje si necesitas que te ayude.

—Carlos, llama a la doctora Cadman de manera anónima, no digas quién eres, que se quede en donde está esperando mis instrucciones. Dile que ha habido un cambio de planes. Solo necesito de ti una cosa. Voy a desaparecer, dentro de unas horas haré que encuentren el cadáver de la chica. Infórmame si la mierda empieza a salpicarme.

—¿Más?

—Voy a acabar cubierto de ella.

Sabía lo que tenía que hacer. Los planes de acción nacen sietemesinos. Destruir siempre ha sido más sencillo que construir. Los gitanos rumanos dedicados al asesinato son violentos, ceremoniosos, infalibles y siguen casi siempre un mismo patrón. Después del crimen, del que disfrutan más allá de la transacción económica, se esconden unos días en algún hotel de las afueras y convocan allí al pagador para que les haga entrega del dinero. Suelen cobrar la mitad antes. Luego desaparecen. Normalmente se cobijan en algún burdel de carretera por unos meses, hasta que alguien los avisa de que la tormenta ha pasado.

Fui a uno de los altillos del pasillo y bajé mi vieja caja de interrogatorios. Cogí un collar de descarga eléctrica para perros, un puño americano, una navaja de mariposa, un bote spray de pimienta, guantes de látex y unas bridas inmovilizantes. Luego escribí una nota que dejé junto al cadáver de Yolanda. Decía así:

A la atención de Alejandro Larrañaga, de la policía científica.

Querido Apocalipsis, como podrás observar, la muchacha que yace muerta en mi cama ha sido violada. Estoy convencido de que las muestras vaginales me exculparán del crimen. Hice el amor con ella anoche (nos duchamos antes de dormir), pero además habrá rastros del semen de los asesinos. Han sido dos. Mira bajo sus uñas, seguro que encontrarás restos de la piel de los criminales. No he huido, he salido a por ellos. Te ruego que dejes claro al encargado de la investigación que no es necesario buscarme por el asesinato de la chica. Dadme un día, no más. No me persigáis, será inútil, no voy a estar localizable. Mañana por la noche iré yo mismo a la comisaría de centro para declarar y ponerme a vuestra disposición.

Sé que con esta nota no te pongo contra la espada y la pared, porque las pruebas me exculpan sin dudas razonables. Solo te pido que apartes de mis talones a sabuesos irracionales que quieran hacer méritos de promoción a toda costa. Esta mañana a las ocho y media cogí un taxi con el número de licencia 270974 a pocos metros del portal de mi casa, he regresado a las tres de la tarde en otro taxi que cogí cerca de la calle Jordán (mi primo Carlos Vértebra, la actriz Eva Lizcano y una tercera persona atestiguarán que estuve con ellos en el intervalo de ambas horas). Además, un detective privado de B&S investigaciones podrá declarar cómo en mi ausencia entraron los dos asesinos en mi casa.

Mantén a los perros lejos de mí 24 horas, por favor. Ponte en mi lugar.

Silencié lo de los dos escoltas nocturnos que me asignó Carlos Rodríguez para no colocarlo en una situación comprometida, bastante tenía él bregando contra la demanda interpuesta por Luis Corral. Si el investigador al que le tocara en suerte el caso era bueno tardaría poco en levantar la alfombra y dar con ellos. Su declaración, por otra parte y a fin de cuentas, me ayudaría enormemente, pues a la hora que los forenses estimaran la muerte de Yolanda, yo ya estaba lejos del dormitorio, como ellos asegurarían sin torcerse una coma de la verdad de los hechos. Necesitaba un día, a poco que el viento soplara a mi favor, para consumar la venganza, mi armagedón. El corazón se me había ido al cráneo y el cerebro al pecho. Creo que nunca en mi vida he odiado tanto como en aquel momento. Los lobos matan para comer, yo iba a matar por satisfacción.

La espera no se ensañó conmigo. A la hora y pico Alberto me llamó. Los dos gitanos rumanos se escondían en la habitación de un hotel-picadero a las afueras de Madrid sur. Todo parecía indicar que esperaban allí el segundo pago del trabajo. Había apostado a tres de sus mejores hombres. Esperarían a que yo llegara y se irían. Si en el intervalo pasaba algo me llamarían a mí directamente. Si llegaba el pagador uno de ellos le seguiría. Sin preguntas. Eran de su más estrecha confianza, eran humo y acero, *semper fidelis*. Esta vez no iba a fallarme, me dijo. Volvió a pedirme perdón y yo le di las gracias. Me rogó que tomara todas las precauciones posibles. Él no tenía la culpa. Los amigos, muchas veces, traen el dolor de manera involuntaria. Culpar a Chezpe de la muerte de Yolanda resultaba algo de niños y en esos instantes no quedaba en mí ni un ápice de misericordia infantil. Metí en una mochila las cosas que había cogido además de una pistola sin registrar con silenciador. Llamé al 112 alertando del asesinato y salí de mi casa dejando atrás la puerta abierta, dejando atrás, bajo una sábana ensangrentada, la pureza, la ingenuidad, la belleza, la bondad, la justicia, la ternura. Me quemaban el dolor y la rabia. Si Dios mismo osaba interponerse en mi camino con Dios mismo acabaría.

Hice que el taxi parara a un kilómetro del hotel. No quería dejar ningún hilo de migas de pan. Una cosa es que no me importara el que me adjudicasen la muerte de aquellos dos cabrones y, otra muy distinta, el que no intentara salir indemne de aquel acto de justicia bruta. Caminé un rato intentando dominar mi rabia, pero no lo conseguí. Ardía. Me encendí un cigarrillo que fumé rápido y en bocanadas amargas, hasta que la fuerte presión de mi pulgar e índice lo partieron. Los agentes de *B&S investigaciones* me vieron antes a mí que yo a ellos. Lanzaron una ráfaga de luces desde su coche. Me acerqué hasta ellos. El piloto bajó la ventanilla del coche, lo conocía de vista. Había jugado con él varias veces a las cartas en casa de Alberto. Era un hombre asténico, duro, seco, fibroso, con la piel de color azul. Su pelo a cepillo denotaba una inclinación castrense.

—Comisario —empezó a hablar con parsimonia—, están en la habitación 205. Llegaron hace una hora. El pagador todavía no ha aparecido. Solo hay una persona en recepción. Se llama Alfonso, es chivato nuestro desde hace años, un malaje. Tiene problemas con la heroína. Entréguele este sobre, van tres mil euros de parte del señor Chezpe. Sea discreto y lo más rápido que pueda. No hay cámaras, pero sí bastantes clientes, casi todos empresarios de medio pelo con putitas.

—Gracias, muchachos. Decidle a Alberto que le debo una.

—No, señor comisario. Dice el jefe que no le debe nada. Sentimos mucho lo que ha ocurrido. Ha sido culpa de la agencia. Aquí paz y después gloria —concluyó mientras ponía en marcha el motor del vehículo.

Entré en el hotel con paso firme, no tenía ninguna duda sobre lo que iba a hacer. Me considero débil y ya lo escribió Khalil Gibrán: *Solo el débil se venga, los fuertes en el Espíritu perdonan.* El hotel era el típico lugar para amantes. Situado entre naves industriales, con parking subterráneo y habitaciones interiores. Se llegaba, se pagaba, se pecaba y se marchaba. Decorado hacía treinta años su poca elegancia se descascarillaba sin que a nadie le importara. No era un lugar para descansar, era un sitio para esconderse y practicar vicios. No había discreción, había secretismo. Me dirigí al mostrador de recepción. Respondiendo al sonido de mis zapatos salió de un pequeño cuarto un cuarentón momificado, con dentadura de esparto, nariz de tucán y ojos tomatosos.

—Alfonso, vengo de parte de *B&S investigaciones.* Esto es tuyo. ¿Puedo confiar en ti? ¿Tengo carta blanca?

—Yo no he visto nada, señor —contestó al abrir el sobre y sonreír.

—Es muy probable que venga alguien más. Déjale pasar pero me avisas con una llamada de teléfono a la habitación. No te pido mucho. Si eres hombre de honor y en el futuro nos vemos, te ayudaré sin excusas. Como me traiciones, tú y tu familia estáis jodidos, muy jodidos, ¿entendido?

—Claro como la ginebra, señor. Coja el ascensor, segunda planta a la derecha. No haga ruido. La habitación hace esquina, en la 204 no hay nadie, en la 206 tengo a una pareja de homosexuales.

—Por cierto, llama a la policía media hora después de que me haya ido porque voy a hacer algo malo. Cuando te pregunten quién ha pasado por aquí, quiero que identifiques a la persona que espero aparezca dentro de un rato. De mí ni mu. Es muy importante.

—Hecho.

En el ascensor abrí la mochila. Saqué los guantes de látex y me los puse. Coloqué el silenciador en la boca del cañón de la pistola y guardé el arma en el bolsillo de la chaqueta de la americana. Miré mi rostro iracundo en el espejo lleno de churretes y rastros de carmín del ascensor. Las puertas se abrieron después del sonido de una campanilla universal. El pasillo estaba desierto, enmoquetado en color nazareno. Olía a polvo amasado durante años. De las paredes colgaban cuadros horribles. La iluminación con tubos fluorescentes concedía una textura aséptica al lugar. Llegué a la puerta, miré a los lados, no había nadie. Saqué el arma y coloqué el brazo izquierdo a la altura de mi cabeza. Con la otra mano golpeé tres veces la puerta. El corazón no me latía con fuerza, no estaba nervioso, ni siquiera furioso, solo hastiado. Matar no conlleva tantos trastornos, no es complicado. Por eso hay que defender la vida, porque es muy frágil.

—¿Quién es? —preguntó una voz carrasposa con marcado acento extranjero.

—Vengo a pagarles —contesté mientras crujía mi cuello con un movimiento pendular.

Se oyó el sonido de arrastre de la cadenita de seguridad. En el momento en el que observé cómo el picaporte comenzaba a girar le di una patada a la puerta. Todo fue muy rápido. El tiempo se echa a un lado cuando sabe que estorba. Entré y disparé en el corazón al primer gitano rumano, que tenía las manos en la cabeza dolido por el golpe de la puerta. El otro estaba tumbado en la cama fumando. No tuvo la oportunidad de alcanzar la pistola que reposaba en la mesilla de noche. Le descerrajé un disparo que le entró por la nariz destrozándole el rostro en un estallido rojo que hizo que su cerebro se desparramase por la pared. Cerré la puerta después de limpiar los restos de mi patada y me acerqué hasta la segunda víctima para coger la colilla encendida, que se le había caído, y apagarla en su pecho. Hubiese preferido torturarlos antes, pero la venganza es una condena, no una satisfacción. Habían tenido más suerte que Yolanda.

Aquellos hijos de puta eran unos gordos asquerosos con el cuello plagado de verrugas, como si fueran garrapatas. Vestían sin elegancia alguna y estaban sucios porque les gustaba la falta de higiene. Eso sí, cada uno de ellos cargaba, al menos, un kilo de oro en sortijas, cadenas y collares. Me gustaría escuchar a alguien que me dijera, ¡joder!, que ha conocido a un gitano rumano bueno. En mis años de servicio, más luego los de trabajo en el sector privado, he tenido que bregar con ellos en distintas ocasiones, todas ellas desagradables. Siempre han mostrado, los que yo traté, un desprecio absoluto por las normas básicas de convivencia. No soy racista, tampoco buenista. Soy realista. Solo a través de la realidad se pueden transforman las cosas. Conocer la realidad nos permite construir con buenos cimientos un futuro mejor. El ser humano es como es, las distintas agrupaciones sociales han florecido por un crecimiento histórico insobornable. El francés no dejará de pensar que es mejor que el resto; el inglés no abandonará nunca su altanería insular; el alemán intentará sin descanso dominar; el español, ay, el español, no podrá superar nunca su complejo de inferioridad.

Junto al televisor había una botella de brandy, un montoncito de cocaína y un sobre abierto del que salía, como si fueran tripas, una docena de billetes de quinientos euros. Les quité las joyas y las metí, junto al dinero y sus armas, en mi mochila. Las podría vender y pagarme con ellas algunas rondas. Me encendí un cigarro, puse la televisión y me tumbé en la cama que quedaba libre a esperar. En una canal por cable ponían una película del oeste. Me entusiasma el *western*. De hecho, yo, que soy un tío horrible, he llevado, sin embargo, a mis sobrinas, las hijas de mi hermana Paz, al mini Hollywood de Almería en todos nuestros veraneos familiares. Guardo en casa muchas fotos sepia donde se me puede ver disfrazado de corneta del séptimo de caballería, de jefe indio, de tabernero, de juez, de enterrador, de soldado de la unión, de secesionista. El *western* ha sido y será mi gran placer anodino. Y como toda afición sin importancia acaba ocupando un lugar privilegiado en los anhelos diarios.

El teléfono sonó tres horas después. No lo cogí. Me incorporé, descargué mi pistola, limpié con un pañuelo posibles huellas (a pesar de usar guantes de látex hay que ser precavido) y la dejé en la mesita junto al sofá y fui hasta la puerta. Al poco alguien llamaba.

—¿Quién es? —pregunté con voz carrasposa y marcado acento extranjero.

—Vengo a pagarles el resto —contestó alguien con cierta intranquilidad dominada.

Abrí la puerta y me encontré cara a cara con el mayordomo de Luis Corral. Le cogí por la pechera y de un tirón le arrastré hacia dentro. Iba a golpearle cuando alzó las manos sin oponer resistencia. Su sorpresa al reconocerme era indisimulable. Al ver los cadáveres su actitud se mostró semejante a la del cordero que va al matadero. Así como el planeta Marte tiene dos satélites, *Fobos* y *Deimos*, los ojos del mayordomo mostraron, cada uno, terror y miedo.

—Siéntate —le ordené señalándole el sofá—. ¿Has venido solo?

—Sí, señor. Debo entregarles el dinero y regresar a casa. Bueno, tengo que hacer antes una llamada para decirle al señor que todo ha salido bien.

—¿Te acuerdas de la conversación que mantuvimos en casa del doctor Corral? —pregunté ofreciéndole un cigarro que rechazó.

—No, señor, lo lamento. Pero si fuera usted tan amable de recordármela.

—Ja,ja, ja. Eres un cachondo. Te dije que Luis Corral estaba jodido y que tú podrías ayudarme. Me contestaste, más o menos, que me fuera a la mierda.

—Seguro que esas no fueron mis palabras exactas, señor.

—¡Las palabras no valen nada, son sonidos huecos disfrazados de conceptos que tampoco valen nada! Ahora estás jodido tú también. ¿Qué podemos hacer? ¿Quieres acabar como estos dos? Todavía me sobran balas y mi cabreo es mayúsculo.

—Estoy convencido, señor, de que podemos llegar a un acuerdo —respondió al borde del colapso.

—También me dijiste que te quedaban pocos años por cotizar, ¿verdad?

—Sí, me restan tres años. Mi única motivación en esta perra vida es viajar a Santo Domingo y morir allá rodeado de bellas mujeres del color del ébano.

—Por último, me confesaste que te vendes por dinero. ¿Quieres que te compre?

—Al precio que usted sugiera. Me hallo en una situación un punto incómoda. No mostraré afán negociador.

—Me gusta tu actitud. Esto es lo que vamos a hacer: te quedas con el dinero que guardas en el bolsillo, habrá unos seis mil euros, ¿no? Pero a cambio de mi infinita generosidad vas a llevarme en tu coche a casa del doctor Corral. Sé que hay policías vigilando el exterior de la casa, así que yo voy a ir tumbadito en la parte de atrás, apuntándote el culo con esa pistola —señalé la pistola de la mesita—, para que no me vean. Cuando entremos en el chalet, me dejas las llaves del coche y el mando del garaje. Al poco rato vuelves a salir, pero esta vez por la puerta y andando. Yo que tú les diría a los policías que te dispones a disfrutar de unos días libres. Despídete de ellos, que sepan que te vas. Es importante procurarte coartada. Lo que va a ocurrirle a Luis Corral, te puedes imaginar qué, no es asunto tuyo. Cuando regreses de tus días libres, si aún no han encontrado el cadáver, das la voz de alarma, y si ya ha sido encontrado te haces el sueco, ¿conforme?

—Me parece una gran idea, pero, ¿no sospecharán de mí cuando descubran su cuerpo?

—La policía lo verá vivo después de que te marches. Tienes mi palabra. Necesito que lo vean vivo para mis planes, mejor para ti. No te preocupes.

—Sigo sus instrucciones, pues. ¿Nos vamos?

—Haz antes la llamada. Y no intentes liarme porque no dudaré en eliminarte.

—No tenga cuidado, señor. Soy un cobarde. ¿Podría, antes de salir de la casa en la que tantos años he servido, coger algunos recuerdos?

—Si esos recuerdos son dinero, la mitad es para mí.

—¡Pensaba dárselo, señor!, soy cobarde, no descortés —contestó y marcó un número de teléfono. Espero unos segundos—. Todo ha salido según lo previsto, señor. Regreso a casa.

Recogí mis colillas y fui al baño, donde las tiré por el retrete cerciorándome de que el agua las arrastraba. Allí me puse de nuevo los guantes. Al regresar a la habitación descubrí que el mayordomo tenía entre sus manos la pistola que estratégicamente había dejado en la mesa. Sonreí de felicidad. Me encañonaba sin remordimientos. Le dejé hacer. Apretó el gatillo pero el percutor no encontró munición. Su cara se contrajo de espanto. Temblaba como un témpano antes de desmoronarse. Fui hacia él y le di una palmadita en la mejilla derecha.

—Sabía que ibas a hacer algo así. Como vuelvas a intentar jugármela te meto un tiro por el culo. Dame la pistolita, hombre, y no juegues a los vaqueros.

Salimos del hotel como una pareja viciosa más que ha satisfecho la oscuridad de sus pasiones. Alfonso no estaba en el mostrador de la recepción, había un letrero que anunciaba su regreso en unos minutos. Subí al asiento del copiloto del coche que había traído el mayordomo y nos dirigimos a casa de Luis Corral. No hablamos durante el trayecto, no hacía falta. ¡Mi plan había funcionado a la perfección! Unas calles antes del destino paramos, yo me bajé y subí de nuevo, esta vez a la parte de atrás. Ya tumbado le presioné las nalgas al conductor con mi índice, imitando a la pistola que tenía guardada, para que recordase que aquello no era un juego. Las únicas palabras que cruzamos estaban relacionadas con el dinero que el empleado iba a robarle a Luis Corral. Le exigí que dejara la mitad en el asiento del coche antes de marcharse de la casa. Yo tenía intención de encerrarme en una habitación con Luis Corral y no salir en un buen rato. El vehículo disminuyó su velocidad, intuí cómo el mayordomo saludaba con la mano a los policías que hacían la guardia en el Z apostado a la entrada del chalet. Escuché el sonido monocorde de la puerta del garaje. Luego, el golpe de la hoja de metal al caer, y el parpadeo de la luz del garaje desperezándose de su sueño.

Capítulo XIII

La sangre hierve antes que el agua,
pero el agua caliente venga mejor.

Subí las escaleras que llevaban a la cocina detrás del mayordomo. Este me bisbiseó que el señor andaría con toda seguridad en el despacho afanando en sus asuntos. Nos despedimos con la frialdad de quien desprecia y se sabe despreciado. Aquel hombre entendía a la perfección que no compensaba jugármela. Su amo estaba acabado. Él podía saquear un nido lleno de polluelos o quedarse sin nada. Le recordé que si no me dejaba la mordida lo hallaría sin problemas. De encontrar mi parte o no junto al coche dependería el que la policía viera con vida a Luis Corral antes de que yo me encargara de él. Aquí o en Santo Domingo lo mataría lenta, dolorosamente. Mi vida era monótona, por lo que no me importaría llenarla con su cacería. Aquel hombre era un auténtico miserable, un egoísta que no dudaría en hacer cualquier cosa con tal de llevar a cabo sus planes de jubilación. ¡Qué asco llegar a la vejez y soñar con que tu pulso tembloroso y errático, tu carne reseca y arrugada, tu boca desdentada y con bubas, tu aliento a sacerdote pervertido y tu pene inútil resucitarán con las caricias de una joven desesperada! Es un abuso injustificable del poderoso al necesitado, de la serena vejez a la turbulenta juventud. Llegar al final de la vida y demostrar que uno no ha aprendido nada de dignidad merecería el abandono en un termitero. Algunos cadáveres sí deberían ser pasto de los cuervos. Lamento escribir esto, pero creo que hay más malvados que buenos, más amargados que felices, más egoístas que generosos, más imbéciles que inteligentes.

Me entregó las llaves del coche y el mando del garaje. No confiaba nada en él, pero sabía que no iba a suponerme ningún problema más. Su lealtad era para con el dinero. Los cobardes solo intentan matar una vez, luego su pensamiento se concentra en la huida. Subió con más prisa que vergüenza a la planta de arriba para desvalijarla. Iba a desplumar a su señor, ¡qué actitud tan siniestra! Ningún esclavo tiene, a la postre, lealtad con su amo. El poderoso piensa que el ayuntado le trata con respeto por merecimiento, pero desconoce lo que de él se dice en los corrales de la servidumbre. El rico desprecia; el pobre, odia. Yo me quedé frente al despacho. No me sentía a gusto haciendo lo que estaba haciendo; sin embargo, sabía que el punto de no retorno, el V1 de los pilotos de aviación, quedaba atrás. Mi incomodidad nacía, no de la clemencia ni de la misericordia, no de la confianza en un sistema social agrietado ni en unos derechos humanos de cartel. Mi tristeza provenía de la certeza de que ya no volvería a ver a Yolanda, de que ella había muerto de manera injusta, de que por mi culpa su futuro había ardido y que ella solo iba a contemplarlo desde las cenizas. Nunca he sabido de magnificencia, sí de perdón.

Al otro lado de la puerta cerrada de la habitación se escuchaba música. Louis Armstrong y Ella Fitzgerald. Me puse los guantes en un protocolo que se presentaba fundamental para mis planes. Saqué la pistola y abrí la puerta despacio. La gran diferencia entre el elegante y el snob viene determinada por el buen gusto. Mientras uno se rodea de belleza el otro hace acopio de horteradas carísimas. Por eso los jeques árabes viven entre lujo y los banqueros entre ostentación. Por eso los ricos ingleses son ricos de verdad y los españoles una panda ridícula. Luis Corral pertenecía por empecinamiento al segundo grupo, pues todo lo que había cosechado en la vida era para vendérselo caro al espectador. Quizá los millonarios son tan hijos de puta porque, en el fondo, padecen un enorme complejo de inferioridad. Aquel que necesita reafirmarse con demasiada asiduidad a costa de los demás esconde en su alma una triste opinión de sí mismo. Un frustrado sin oportunidades se destruye, un amargado con manga ancha destruye.

Luis Corral estaba de espaldas a mí, ordenando libros en la estantería. No se había percatado de mi presencia. Caminé hacia él. Me detuve a unos metros y le disparé sin más en el tobillo. El ruido del hueso rompiéndose acompañó al grito de mi antiguo compañero de colegio. Cayó de inmediato al suelo. Se acurrucó como un gusano. Un par de volúmenes, volando igual que polluelos asustados, fueron con él golpeándole la cabeza. Cuando me descubrió, su rostro arrojó pánico. Intentó arrastrarse hacia la mesa de estudio, seguro que allí guardaba un arma. Volví a dispararle, a bocajarro, en el hombro derecho. Ya no se movería más.

—¿Qué haces aquí? ¿Cómo has entrado? ¿Qué quieres? ¡Estás loco! —su voz parecía una manguera de aspersión echando miedo sin control.

—Hola, Luis. He venido a matarte. Pero vas a sufrir —le dije justo antes de que intentara gritar para pedir auxilio a su mayordomo—. Estamos solos tú y yo, amigo. Tu siervo voló. Le he dicho que puede llevarse todo el dinero que tienes guardado arriba. Estamos solos como aquella ocasión en Málaga en la que me suplicaste ayuda.

—Vamos, Milton, sé razonable. No eres un asesino.

—No considero que matarte sea un asesinato. Es un acto de justicia bruta, ahorro el neto a la sociedad. Tú, sin embargo, sí eres un asesino. Pero no te anticipes. Te lo repito, vas a sufrir un poquito. Regalo de la casa. En homenaje a las personas que has mandado matar. No tengo nada que hablar contigo, así que no existe un margen de maniobra para ti. No me vendo y no compro. Ahora bien, quiero que sepas que será la doctora Cadman la que presente pasado mañana el descubrimiento del alma. Te garantizo que tu nombre no aparecerá en ningún momento en los anales de la ciencia. ¿Pones cara de extrañeza? La mujer que mandaste matar no era ella, sino una chica inocente, una joven extraordinaria.

—¡No puedes hacer esto!

—No solo puedo sino que debo y voy a disfrutar haciéndolo. Vamos a ver cuánto tarda tu alma en ascender al cielo, bastardo. ¡Co-co-co-corral!

Dicho esto abrí mi mochila y saqué el collar de impulsos eléctricos para perros. Luego le quité un zapato a Luis Corral, le saqué el calcetín y se lo metí en la boca bien dentro. Le anudé al cuello el collar y empecé a pulsar el botón de descargas. El dolor es horrible, yo lo he probado. Sus músculos se hincharon de sufrimiento, lo cual aceleraba la pérdida de sangre. Intentaba hablar, pero el calcetín se lo impedía. Sus ojos se hincharon de amapolas hasta estallar en líneas de lágrimas. Las pupilas se le encostraron. Me acerqué hasta donde había una licorera. Vacié lo que adiviné como ron sobre su pelo y le prendí fuego mientras le echaba spray de pimienta en los ojos. Su dolor era mayúsculo; su sufrimiento abundante. Convulsionó hasta defecarse. Ya era suficiente, puse el cañón sobre su corazón y disparé. Adiós Luis Corral, púdrete en el infierno.

Me acerqué unos instantes a la ventana. Atardecía. Escuché la puerta de la casa al cerrarse, el mayordomo había huido condenándose sin remedio. Ni de coña barajé la posibilidad de darle cobertura a ese bastardo. Simplemente le engañé. La pistola tenía sus huellas. Una pistola que había matado además a otras dos personas. Para mí no sería nada difícil encontrar una coartada que derrumbara las acusaciones del viejo lacayo en cuanto lo detuviesen. Nadie me había visto en el Motel y a él sí, nadie me había visto en la casa de Luis Corral y a él sí. Además, por descontado, más de tres personas asegurarían haber pasado la tarde conmigo en el *Airiños do Miño*. Todos sabrían que yo era el autor de la matanza, sin embargo, ninguna prueba me empujaría hacia el precipicio de la condena y todas las fichas de dominó caerían sobre el mayordomo. La carta que le dejé a *Apocalipsis* solo manifestaba mi voluntad de encontrar a alguien. Fácilmente declararía que fui a mi bar para desahogarme antes de dar inicio a la cacería y que las aguas cenagosas del alcohol me retuvieron allí todo el día. Un alcohólico es predecible. No podía llamar por teléfono a José Manuel Hermoso, el propietario del *Airiños*, porque si investigaban mi teléfono no habría manera de explicar cómo llamaba a alguien si estaba con él. Confiaba en su amistad, y la amistad es lealtad, y su lealtad me abrigaba. Dejaría pasar un tiempo hasta que la oscuridad alcanzara su grado máximo de dilatación y entonces abandonaría la casa.

Mientras tanto cogí al azar uno de los libros de la estantería. Era una biografía de la madre Teresa de Calcuta. Tuve la impresión, ojeando sus gestas, de que a lo largo de la Historia muy pocos han sido verdaderos seres humanos, el resto nos quedamos a medio camino de nuestra vocación vital. Creemos que la Justicia es un destino cuando solo es el inicio, pensamos que la Verdad es una propiedad cuando tan solo es un regalo, defendemos la libertad cuando somos nosotros quienes la atacamos. Uno de los pensamientos de aquella mujer extraordinaria se mudó a mi mente: *Sin oración no hay fe, sin fe no hay amor, sin amor no hay entrega de uno mismo y sin entrega no hay verdadera ayuda a los seres desgraciados.* La educación, la cultura y el arte no nos hacen mejores personas, solo el amor a una idea trascendente, la coherencia y la entrega al otro. Sin embargo, la fragilidad de este triángulo abruma. ¡Cuánto mal entre tan poco bien!, miles de espermatozoides para que uno solo cumpla su deber de fecundación; millones de estrellas y que sepamos solo una propiciadora de vida; cientos de palabras cuando un silencio lo arregla casi todo.

La noche se presentó con prisas, invadiendo el horario del primer crepúsculo, como si llegara tarde a una cita. Cerré el libro, lo dejé en el suelo, miré el cadáver de Luis Corral.

Yacía tenso, con sus músculos transformados en alambres. Le quité el otro calcetín y me dirigí al garaje. Allí encontré un maletín con dinero. Hice un cambio radical en mi plan de inversiones financieras y decidí entregárselo todo a los padres de Yolanda. Yo no merecía ni un céntimo aunque me viniera de perlas. Una vez más el dinero pasaba por mi lado. Me entretuve unos instantes en abrir una pequeña conducción de aire que había en el garaje para meter en ella la pistola, dejé la rejilla medio colgando, con un tornillo en el suelo. En cuanto registraran la casa los de la policía científica encontrarían el arma al instante. Subí al coche, cogí unas gafas de sol del salpicadero, me las puse, alcé el cuello de mi camisa y abandoné la vivienda con parsimonia, cubierto por la noche. Cuando me crucé con el Z de policía vi a los agentes entretenidos con sus móviles. Bajé la ventanilla del coche, puse mi mano tapándome la cara y la moví como si los saludara mientras me despedía de ellos haciéndome pasar por Luis Corral, diciéndoles que iba a comprar algo y que regresaba en un minuto. Ay, la escala básica, parece que solo cogen a los que suspenden en inteligencia. Sus órdenes eran vigilar la casa, no barajarían ni por un segundo la posibilidad de seguirme. Al girar la curva aceleré.

Conduje un buen rato, hasta las afueras del Madrid sur. Pensaba en nada y en todo a la vez. Recordé, no sé por qué, una vieja canción de Jaques Brel, *Le port d'Amsterdam,* y la tarareé en voz baja primero para acabar luego gritando y golpeando el volante con virulencia. Aparqué en un descampado, junto al cementerio de un complejo industrial. Las ruinas siempre son un fracaso. Las ruinas son el destino de toda civilización. No vi a un alma, quizá algún que otro drogata se consumiera entre los muros derruidos, pero ellos nunca ven nada. Sus ojos están ya muertos cuando acaban en aquel lugar, su vida misma está muerta aunque se sigan moviendo como un rabo de lagartija. Pobre gente, pobres sus familias. El alcohol destruye, pero con más misericordia que otras drogas, su destrucción es aritmética, no geométrica. La dignidad de un borracho revienta, la de un yonki gotea.

Abrí la embocadura del depósito de gasolina, metí el calcetín de Luis Corral, lo rocié con lo que me quedaba de spray y le prendí fuego. El vehículo tardó poco en arder. Fue un vómito de fuego, el estertor de un dragón herido. El viento se enredó entre mi pelo. Me encendí un pitillo y, cargando con las bolsas, me alejé sin mirar atrás. Solo después de caminar durante una hora seguida me dirigí a una cabina y marqué un número.

—Carlos, soy Milton, ¿cómo va todo? —dije mientras me tapaba el otro oído con la mano para evitar el ruido del tráfico.

—Milton, ¡cojones!, hemos tenido suerte. Me han asignado el caso de tu chica a mí. Al retirarme del caso de Corral, quedé disponible. Ya han aparecido muertos los gitanos rumanos, pero de momento nadie ha asociado los tres asesinatos. Yo mismo cogí tu nota, la guardé de inmediato. Te necesito esta noche para no levantar sospechas. He puesto a mis cachorros, a Pintos y de Vicente, a buscarte en todos los sitios menos en tu bar de siempre. Ya sabes que son de mi entera confianza. A las once irán a buscarte allí, te quiero bebido y con testigos que se la jueguen por ti. Te apretaré las tuercas en la sala de interrogatorios, pero yo sé qué preguntar y tú qué responder. Cuenta con que algún compañero de asuntos internos esté presente por el hecho de nuestra amistad.

—Buena idea. Yo había pensado lo mismo. No te preocupes. Muchas gracias. Luis Corral está muerto. ¿Has avisado a los padres de la chica?

—Sí, están en camino desde Jaén. No mates a nadie más hoy, ¿de acuerdo? Son las nueve, te espero sin esperarte sobre las once. Se acabó, amigo. Se acabó. No tengo literalmente fuerzas ni literariamente ganas para más.

Después de colgar cogí un taxi. La conversación del conductor resbalaba en mí imitando a las gotas de lluvia en un cristal. Solo me llegaba su frío, no su humedad. Me dejó en la puerta del *Airiños do Miño*. Pasé como alma que lleva el diablo hasta *la ratonera*. Hablé con José Manuel Hermoso y trazamos nuestro plan. Llevaba allí, desde las cinco de la tarde, sin moverme en aquel habitáculo. Cristian, el camarero, me trajo una botella de whisky. Bebí y bebí. La imagen de Yolanda se sentó al otro lado de la mesa. Mi niña. Al rato vino José Manuel para decirme que Cristian, Rafael Hithloday y él ya habían consensuado una versión. Podía estar tranquilo. Justo cuando abandonaba el reservado entraron los hombres de Carlos. No fue necesario intercambiar palabras. Ellos confiaban en su jefe no por adiestramiento sino por convicción. Los acompañé hasta el coche y nos dirigimos a la comisaría.

Me acomodaron directamente en una sala de interrogatorios. No esperé mucho. Carlos y un acompañante, desconocido para mí, pasaron. Pedí permiso para encenderme un cigarrillo. Me lo negaron.

—Entre compañeros sobran las formalidades —comenzó a decir Carlos—. Dame tu versión sin rodeos.

—Soy inocente, no perdáis el tiempo conmigo. A la chica muerta, Yolanda, la conocí ayer por la noche en un bar. El profesor Paredes podrá corroborar este punto. Pasamos la noche juntos, hicimos el amor. Esta mañana la dejé en la cama para ir a ver a mi primo Carlos Vértebra. Puedo facilitaros el número de licencia del taxi que cogí. Además, un detective privado que me seguía atestiguará sin dudas que abandoné la casa con la chica viva.

—¿Por qué te seguía un detective privado? —preguntó Carlos encendiéndose su pipa de mar.

—Porque lo había contratado un cliente mío. Hace unas noches tuve una discusión con él sobre mi minuta. Fue en su casa, estuvo presente su abogado. A este le pegué un puñetazo, creo que ya me ha denunciado. Mi cliente no quiere pagarme el resto de la minuta y busca algún defecto profesional con el que detener mis pretensiones contractuales. De hecho, fui a su casa porque tú me lo pediste, querías que le sacara información.

—¿Cómo sabe usted, señor Vértebra, que su cliente había contratado a un detective? —lanzó con desconcierto el de asuntos internos, sin disimular que le incomodaba mi olor a alcohol.

—Por la misma razón por la que sé que detrás del espejo hay por lo menos cinco personas —saludé con la mano y escuché el repiqueteo de unos nudillos al otro lado—. Porque soy policía, aunque ya no esté en el Cuerpo. Es difícil seguir a quien ha seguido tanto. Soy de los buenos, no intente crucificarme. Si quiere ponerse una medalla conmigo hágalo, pero le advierto de que no se la pondrá en la camisa sino directamente en el pezón.

—¿Cómo se llama tu cliente y para qué te contrató? —la voz de Carlos fue rotunda.

—Luis Corral y me contrató para que encontrara a una colega suya, la doctora Cadman. La encontré y por eso le pedí que me pagara. Él no quiso hacerlo. Mi investigación me llevó a los crímenes sobre los que tú estabas trabajando, los del extirpador de cerebros. Tú y yo coincidimos en el gimnasio de Arístides Valentín, allí se juntaron nuestros caminos.

—¿Quién crees que ha matado a Yolanda?

—Sin lugar a dudas una pareja de gitanos rumanos. El detective privado los vio entrar y salir de mi casa en mi ausencia. Llegó a fotografiarles. Confundieron a la chica con la persona que buscaba Luis Corral, con la doctora Cadman.

—Han aparecido muertos hoy dos gitanos rumanos en un motel.

—Son ellos seguro. Pedidle al detective que identifique los cadáveres. Antes de que sigas preguntando he de decirte que tengo coartada para todo el día de hoy. He estado en mi bar bebiendo. Fui yo quien llamó al 112, quise quitarme de en medio, porque la muerte de la chica me ha afectado mucho. Necesitaba emborracharme porque si no, me conozco, hubiera hecho una barbaridad. Pero no me moví de la botella. Entiendo esta formalidad pero, repito, no soy vuestro hombre.

—¿No le parece sospechoso el hecho de que tres muertes se hayan producido tan cerca de usted? —lanzó el de asuntos internos mientras apartaba el humo de la pipa de Carlos.

—Para nada. Por el contrario, resulta obvio. Luis Corral contrató a los sicarios, estos se equivocaron, sin saberlo, de persona. Más tarde, Luis Corral se deshizo de los asesinos. Yo no soy a quien hay que investigar. Preguntadle a él. Me juego el cuello de la camisa a que está implicado en varios crímenes. El inspector Rodríguez de Ávila —señalé con el pulgar a mi amigo— antes de ser indecentemente apartado del caso de los crímenes del extirpador de cerebros también lo sospechaba, por eso me pidió ayuda. Contáis con toda mi colaboración. De hecho, yo intenté tenderle una trampa. El inspector Rodríguez de Ávila debe tener la grabación fonográfica de mi visita a la casa de Luis Corral. Pregúntele a la doctora Cadman también, ahora mismo la encontrarán en casa de la actriz Eva Lizcano.

—¿Sabe el nuevo encargado de la investigación de tales crímenes que usted y el señor Vértebra colaboraban? —esta vez la pregunta iba dirigida a Carlos.

—Tengo mi informe listo en mi despacho desde hace horas. Allí se detalla todo. Me han apartado del caso hoy mismo —respondió Carlos con frialdad.

—¿Por qué no se lo ha facilitado al nuevo investigador?

—Por la misma razón por la que usted no le pediría explicaciones al amante de su mujer. Por dignidad profesional. Me han quitado el caso de manera injusta. Usted, detrás de su máscara de antipático honesto, lo sabe. Si el nuevo investigador quiere ponerse al día, tiene toda mi colaboración, pero que venga a mí. Me han dado por el culo, no me pida que encima disfrute. El informe está listo, nadie ha pasado a por él. Pregunte a mis hombres He cumplido hasta las comas con los procedimientos. Es usted de asuntos internos, averigüe las causas por las que me han pegado el codazo en este asunto. Sé que la llamada telefónica partió del ministerio y sé que el abogado de Luis Corral es amigo del ministro.

—Esto es muy extraño —concluyó el agente.

—Por eso somos policías, para resolver cosas extrañas. Le pedí a Milton que jugara un poco con Luis Corral, que lo pusiera nervioso. Ni se le ocurra tocarme los cojones con este asunto. Mis hombres y yo hemos trabajado muy duro. Milton nos ayudó en lo que pudo —la contundencia de Carlos no daba pie a la réplica del compañero.

—No me malinterprete, inspector. Estoy aquí para garantizar que el procedimiento se cumple, nada más. Sé que es usted un excelente policía y, visto lo visto, así lo pondré en mi informe.

—Llame inmediatamente a mi sustituto, a Camponero, para que localice a Luis Corral. Tiene asignada vigilancia en su casa. Él es nuestro asesino. Que se lleve las prebendas quien las quiera, yo solo pretendo atrapar a un malo. Cerremos el caso ya, ha muerto demasiada gente.

Y así siguió empequeñeciéndose la conversación un rato más.

Cuando abandoné la comisaría, Carlos me apretó con fuerza el hombro. Habíamos ganado porque no habíamos perdido. Casi todos los muros se construyen sobre cimientos de mentiras, el nuestro era sólido como el horizonte. Regresé al *Airiños* aunque fuera tarde, allí me esperaba José Manuel, ¡cómo me conoce! Se tomó una copa, hablamos poco, *el hombre es hombre por su capacidad de guardar silencio* (Heidegger), y luego cerró el restaurante conmigo dentro. Bebí hasta desmoronarme, bebí queriendo morir en homenaje a Yolanda.

Horas después los acontecimientos se precipitaron como puedes imaginarte. Aquello fue un juego de fichas de dominó cayendo una tras otra, arrastrándose una tras otra amplificadas de gravedad. Fueron a casa de Luis Corral, hallaron su cadáver. Encontraron la pistola y en ella las huellas del mayordomo. A este lo detuvieron un par de días más tarde en el aeropuerto y aunque quiso implicarme no aportó ninguna prueba concluyente. Le cargaron los muertos del motel (balística así lo confirmó) y fue, meses más tarde, condenado. A Carlos nadie le tosió ni le despeinó. Todo el mérito de la resolución del caso recayó sobre él a los ojos de sus compañeros. El nuevo investigador, Camponero, tonto del culo pero no estúpido, concluyó que Luis Corral era responsable de los atroces asesinatos. Había sido ayudado por Arístides Valentín, Eduardo Calvo, Flambeau y su mayordomo.

Al final, este último, repasando el destino de sus socios, mató a su pagador saqueándolo antes bastante dinero. Asistí al entierro de Yolanda en Jaén manteniendo el anonimato. La incineraron y pusieron sus cenizas en la voluntad del golpe de viento de un olivar familiar, el polvo al polvo. Los árboles de la aceituna, así puestos en alarde, me recordaron a un enorme cementerio. No tuve el valor de hablar con los padres. Eso sí, les expliqué todo lo sucedido en una nota anónima que dejé, junto a un maletín rebosante de dinero, en la puerta de su casa. A la doctora

Cadman no llegó a salpicarle nada del tenebroso asunto. La policía dio por sentado que se había escondido en casa de su amiga presa del pánico. Ella siempre aseguró que no tuvo certeza de las barbaridades cometidas por su compañero. Abandonó España a los pocos meses y regresó al Reino Unido para dirigir el laboratorio de investigación de una importante empresa farmacéutica. Fue fiel a su palabra y no dio a conocer el descubrimiento del alma. A mí me condenaron a tres mil euros por partirle la nariz al barón de Manantial. Gracias a «doble G» se los pagué en monedas de céntimo, lo juro por Dios. Se los hice llevar a su casa por correo certificado y escolta jurada del banco de «doble G» en siete sacos de veinte kilos cada uno. Y poco más.

Volví a mi hambrienta rutina, a mi destrucción pacífica, a mis casos de tres al cuarto. A follar cuanto podía, a tontas y a locas, con tontas y locas. Y una noche, dos años más tarde, a las tres de la madrugada, José Manuel Hermoso, cuando estábamos los dos solos, mirando el vacío de unas paredes repletas de fotografías, con Rafael ovillado en la cocina como un perro sarnoso, me sugirió que escribiera este relato y me invitó a que le jurara por mi honor que iba dejar de beber. Ya era suficiente, había batido todas las plusmarcas y muy pronto me perdería el respeto orinándome encima o acostándome con una menor. Me estaba demoliendo a martillazos con cada sorbo. Pero la muerte tarda en llegar a un edificio arruinado. En la mayoría de las ocasiones hay un tozudo muro que se niega a caer, un dintel carcomido que se mantiene con patética dignidad, una viga que detiene su desmoronamiento entre el techo agujereado y una pared herida. José Manuel parafraseó a Gorki: *Muérete, Milton, pero no revientes.*

Y no sé por qué, pero le hice caso en las dos cosas. Siempre he tenido dignidad torera. Desde entonces mis cicatrices duelen más cuando duelen, quizá se estén curando; mi vida ha mejorado bastante (era fácil), Alberto Chezpe, al enterarse de mi retirada del circuito profesional del alcohol, me obligó a asociarme con él en *B&S investigaciones*; veo más a Carlos Rodríguez de Ávila y a Manolo Villegas; toco el piano casi todas las semanas en un bar de jazz; follo menos pero con mejores mujeres que pasan más tiempo a mi lado, eso sí acabo desesperándolas a todas; he retomado mis clases de magia como alumno con el grandísimo mago argentino Tony Montana; me invitaron a dar una conferencia en la Sherlock Holmes Society de Londres sobre Sherlock Holmes y el paradigma del héroe inglés; he cogido la apacible rutina de escribir casi a diario; y, gracias a la perversidad de mi primo Carlos Vértebra, seré millonario el próximo año, pues el muy cabrito me hizo heredero de los derechos de autor de cuatro de sus novelas más famosas.

Sigo solo, muy solo, pero sin miedo. Mi yo, ese que tanto me he ocultado a mí mismo, se parece mucho a un trastero completamente a oscuras, con suelo de huesudas tablas que crujen como segunderos. A veces entro en él con una cerilla galopando entre los dedos y poco puedo ver antes de quemarme con la desaparición del fósforo. Tan solo las fronteras de mis sombras. Contornos inconclusos. En otras ocasiones llevo una vela en su candil y camino con cuidado entre los muebles y objetos apilados de mi memoria. En una ocasión destapé el recuerdo de un enorme espejo, por unos instantes la luz se abrió como una flor de glicinia, y pude ver cuántas cosas había guardadas en el hermético cuarto de mi yo, ese que tanto me he ocultado. Sé que lo habitan ratones y polillas porque los he escuchado. Sé que huele a libro viejo, a mueble antiguo, a tesoros de latón, a gol en el último suspiro, a estoque entrando hasta la empuñadura, a infancia pasada y a vejez por llegar de un momento a otro. Mi yo, ese que tanto me he ocultado, escondido como un caracol en una caja, en un arca, en un desván...

El cristal de mi ser ha ido engordando y ahora aguanto mejor los cambios de temperatura, ya no me quiebro, ya no rajo la piel de nadie. Uno se puede acercar a mí sin miedo a cortarse. No me huyo tanto, no me maltrato. Sé que tenemos un alma que no nos pertenece y que, como dijeran los clásicos, *el sentido de todo viaje es regresar al hogar.* Un alma más pequeña que una pelusa, como mi esperanza de llegar a ser un hombre mejor. D.H. Lawrence escribió en una ocasión: *quizá el alma humana necesite excursiones, y uno no debe negárselas. Pero lo importante en una excursión es que se regresa a casa otra vez.* No somos solo nosotros mismos, somos algo más, un algo más que unos pocos afortunados descubren en esta vida jodida y complicada. Nuestro cuerpo representa una crisálida, nuestra vida la rama sobre la que se sostiene. Eso sí, la araña de la sinceridad, de la coherencia, resulta peligrosa tanto para el gusano como para la mariposa.

Ah, el universo, donde el tiempo no es el rey, ni la distancia sierva. El universo donde todo lo que vemos ya no existe, pero sigue irradiando presencia. ¡El universo y yo con él! Quizá en su otro extremo habite mi felicidad. Perdida o escondida. A este lado del río me conformo con vivir y buscar ese acto desinteresado que redunde en el otro, un otro digno (que esto de la existencia va en serio), y haga que una vida desperdiciada como la mía haya merecido la pena ayudando a alguien cuya inspiración sea el bien de la humanidad. De la humanidad, no de la Humanidad. Hay que ir a la estrella, no a la constelación. ¿Qué será de mí mañana? ¿Y el día después de mañana? No lo sé, pero la tempestad amaina, lo presiento. En el reino no hay edad. Para los guerreros un segundo de calma es más preciado que horas de victoria y batallas. Porque la gente como yo no damos pasos atrás y allá donde nos citen a duelo acudiremos sin más testigos que el honor y la humildad. No es orgullo, es genética.

Nota explicativa: y cómo escribo esto que me pringa en varios asesinatos… porque quizá Luis Corral no existiera pero sí viviese; porque a lo mejor mi historia no es creíble pero su argumento sí es real; porque a buen seguro, *mentira más, mentira menos*, todos tenemos un alma que nos hace inmortales; porque tal vez me llame Milton Vértebra, pero responda a otro nombre; porque las verdades no son siempre ciertas y porque la ficción no nace de la mentira sino de la exageración. Porque, en definitiva, soy mago y he conseguido que por uno segundo hayas creído en los milagros. Y los milagros son un truco de lo imposible. Un saludo y hasta pronto.

Finca La Ladera, a tantos del 2016.

F
Mesa-Moles, José
El peso del alma

DUE DATE   **BRODART 03/17   23.95**
